KARMA,
AMOUR ET TORTILLA

De la même autrice, aux éditions Charleston

Rupture, tarot et confiture, 2022
Biberon, vodka et déambulateur, 2022
Un lama pour Noël, 2023

76, boulevard Pasteur
75015 Paris – France
www.editionscharleston.fr

ISBN : 978-2-38529-181-5

Maquette : Patrick Leleux PAO

Pour suivre notre actualité, rejoignez-nous sur Facebook (Éditions.Charleston), sur Instagram (@editionscharleston) et sur TikTok (@editionscharleston) !

Charleston s'engage pour une fabrication écoresponsable ! Amoureux des livres, nous sommes soucieux de l'impact de notre passion et choisissons nos imprimeurs avec la plus grande attention pour que nos ouvrages soient imprimés sur du papier issu de forêts gérées durablement.

Céline Holynski

KARMA,
AMOUR ET TORTILLA

Roman

LAROUSSE

1

— Tu devrais peut-être prendre une douche… ou alors un petit chat ?

Vautrée dans mon pouf géant, j'envisage les propositions de ma meilleure amie avec un enthousiasme au moins aussi grand que celui d'un homard sur le point de se faire ébouillanter.

— Un chat ? Moi ? J'ai suffisamment à faire avec mes poils sur les jambes pour ne pas avoir à penser à retirer ceux d'un matou, éparpillés sur le canapé…

— Et quid de la petite douche sinon ?

Je hume rapidement mes aisselles et je dois reconnaître qu'au vu du peu d'efforts physiques fournis ces derniers jours, cette odeur ne peut être attribuée qu'à une seule chose : l'abandon du chemin vers la salle de bains. Maddy me considère soudain avec sollicitude.

— Je sais à quel point cette période est compliquée pour toi. Je veux juste m'assurer que tu vas bien…

— Hmmm…

À ces mots, aussitôt mes yeux s'embuent. Je trouve la force de me lever. Je préfère détourner la tête pour ne pas imposer à Maddy ma mine aux allures de torchon humide après l'essuyage d'une vaisselle. Dans quelques jours, Ewen et moi aurions dû fêter nos quatre ans de relation. Au lieu de ça, dans quelques jours, je vais regarder nos photos et repenser à nos projets avant sa disparition.

Voilà trois ans qu'il est mort. *Mort,* ce mot que l'on évite de prononcer en le contournant par d'autres équivalents. « Disparu », « parti », « perdu ». Autant de détours empruntés pour parler de l'inéluctable. Comme si atténuer l'impact du mot allait adoucir la douleur.

Le soir du drame, nous avions prévu un dîner au restaurant. Au regard de mes dix minutes de retard, j'ai béni son absence à notre table habituelle. Je me suis installée, satisfaite pour une fois de ne pas être celle que l'on attend. Mais rapidement, un frisson m'a parcouru le corps. Une alarme mentale s'est déclenchée. Ewen est ponctuel. Ewen est vigilant. Ewen envoie toujours un message. Un rapide coup d'œil à mon téléphone et ma vie a flanché. Plusieurs appels en absence de ma belle-sœur. Aussitôt j'ai su. Je n'ai pas réussi à saisir mon clavier. Mes mains n'étaient plus que des extensions molles, mes doigts des nouilles flasques, incapables d'agripper quoi que ce soit.

L'accident bête. Un chauffard ivre, venu percuter l'homme que j'aimais alors qu'il sortait du salon de thé familial où il travaillait. Alors qu'il s'apprêtait à me rejoindre pour dîner. À me retrouver pour m'aimer.

L'accident bête. Quelle drôle d'expression. Y a-t-il seulement des accidents intelligents ? Nobles ? Acceptables ?

S'en sont suivis des mois de dépression, ponctués de nombreuses séances de psychothérapie ainsi que vingt kilos de plus. Je n'ai survécu qu'en me plongeant dans le travail et les pots de Häagens-Dazs. Puis doucement, j'ai commencé à sortir la tête de l'eau. Le cœur ne brûlait plus en continu, m'autorisant parfois même l'accès à quelques petits moments de douceur.

Cette année, à l'approche de la date de son accident, je ne me roule plus en boule, tout en hurlant des heures durant... Je me roule dans mon pyjama et mets en compétition le sébum de mes cheveux avec celui de ma peau, observant laquelle de ces parties du corps se mettra à luire en premier dans la nuit. C'est étrange comme à chaque fois, quelques jours avant, il semble que mon corps décide de se mettre en veille... Comme pour ne pas être dans l'action, pour ne pas être dans la vie. Pour m'éteindre au maximum et le rejoindre dans le rien.

— Camille... est-ce que tu veux en parler ? Tu culpabilises toujours d'être ici, alors que lui... non ?

Je suis incapable de répondre à ma sœur de cœur tant j'ai honte d'admettre la vérité. Oui, je culpabilise... mais de ce que je ressens. Je m'en veux justement de ne plus éprouver cette vive déchirure au plexus et dans toutes les cellules de mon corps. Ce désir d'aller mieux m'est très inconfortable. Et je m'interroge. Quand avons-nous le droit de ne plus souffrir ? À quel moment peut-on de nouveau cohabiter avec les futilités ? Râler sur le prix de l'essence ou sur ce pantalon qui n'est pas assez stretch ?

Comment sortir de cette gravité et redonner de la place à la frivolité et à l'insouciance ?

Si je n'ai pas encore la réponse à mes questions, ma mère, de son côté, détient peut-être la clé de mes interrogations. Ou alors ne s'en préoccupe pas. Pour lui rendre service, demain, je serai une vache. Elle se charge d'organiser les festivités de la kermesse de mon école d'enfance. Et j'ai accepté de leur prêter main-forte, mais surtout d'endosser le costume de Meuh-Meuhsine… l'une des mascottes servant au programme pédagogique d'environnement agricole. Il me tarde de rencontrer Cochon NouNou, son meilleur ami.

— Camille ?

Je lève la tête et prends conscience de la présence de Maddy. J'étais déjà tête en l'air mais depuis la perte d'Ewen, on peut littéralement parler d'absences répétées.

— Excuse-moi. Tu as raison… Je vais aller prendre une douche.

— Et est-ce que je compte sur toi ce soir ?

— Je ne pense pas. Je dois prendre la route tôt demain matin pour rejoindre ma mère. La kermesse, tu sais…

— Ce sera juste un petit dîner entre amis et il faut bien que tu manges, ma patate…

— Hmmm… Et à part toi, Nicolas et Léa, il y aura qui ?

— Juste un copain ostéopathe de Nicolas.

— Maddy, est-ce que tu m'organises un rencard détourné ? Aurais-tu déjà oublié celui de la dernière fois ?

Il y a un an, après deux années de célibat sec, ma meilleure amie a cru bon de me présenter un collègue à elle. Le garçon était gentil et j'ai même fini par accepter de dîner avec lui. Mais au moment du dessert, quand ce dernier m'a proposé de goûter la spécialité du restaurant, des crêpes Suzette, un de nos nombreux plaisirs avec Ewen, je me suis effondrée. Une crise de larmes incontrôlable s'est emparée de moi. Désemparé mais voulant bien faire, il s'est approché pour me réconforter et dans un hoquet mal réprimé, j'ai fini par régurgiter tout mon repas sur lui. Autant vous dire que cet évènement a signé pour une année de plus mon choix de rester une ascète amoureuse.

— Camille… Il s'agit juste de passer une soirée sympathique et de changer d'air.

— Je ne suis pas sûre…

— Tu ne seras même pas obligée de rester jusqu'au dessert… me dit-elle pleine de tendresse. Même si j'ai préparé un moelleux au chocolat…

— Avec un peu de crème anglaise ?

— Évidemment…

— Tu me connais beaucoup trop, tu deviens dangereuse…

Maddy rit et en conclut que c'est un oui. Elle a raison. Je serai présente. Encore décontenancée par cette vérité troublante qui se profile : je crois que j'ai de nouveau envie de vivre, c'est juste que je ne sais pas encore comment…

Mais ce soir, je serai présente. Et même propre.

2

Dans l'ascenseur qui me conduit chez mes amis, je lui tourne le dos. Non, tu n'existes pas ! Inutile d'essayer d'attirer mon attention, je décide d'occulter ta présence. Arrête de m'enjoindre à me retourner, te dis-je ! Je ne veux pas savoir !

Les portes s'ouvrent enfin et je réussis à sortir sans avoir succombé à l'appel de mon reflet dans le miroir. Pourquoi faut-il que les cages d'ascenseur soient si souvent parées de grandes glaces ? Qui a envie de découvrir à quoi il ressemble les bras chargés de briques de lait et de papier toilette ? Quel être humain normalement constitué désire voir en double son voisin grincheux et malpoli ?

Dans mon cas, je n'ai dans les mains qu'un nouveau cahier de coloriage dont ma filleule Léa raffole et j'ai fait le trajet des trois étages, seule. La vérité, c'est que depuis un temps que j'ai cessé de calculer, j'évite scrupuleusement mon image. La reconstruction de mon intérieur était un pari qu'aucun turfiste expérimenté n'aurait pris, je suis pourtant toujours là. Mais à la vue de ce miracle, je ne vois pas dans quelle mesure j'aurais pu également prendre soin de mon apparence. J'ai pris du poids et je n'ai pas eu à cœur de faire un rééquilibrage alimentaire, ni une refonte de ma garde-robe. Alors ces dernières années, j'ai opté pour la meilleure tenue de camouflage que l'industrie du textile ait créée, j'ai nommé : le pyjama. Eh bien, je peux vous assurer que lorsque l'on se penche un peu sur la panoplie des modèles proposés, l'on découvre un univers merveilleux, riche en imprimés, formes et onctuosité. À ce jour, je peux sans sourciller prétendre être la personne le plus habilitée pour écrire *Le Guide du routard* des meilleurs pyjamas (si tant est que cela puisse intéresser d'autres phobiques du miroir que moi). Évidemment, le fait d'avoir pu travailler à domicile a largement contribué à développer ma nouvelle passion vestimentaire. Quant aux rendez-vous à l'extérieur, croyez-en mon expérience, en ayant connaissance des bonnes adresses, il est tout à fait possible de trouver des vêtements de nuit qui ont tout l'air d'un bon jogging.

Pour autant, ce soir j'ai abandonné ma tenue fétiche. D'abord parce qu'en ce mois de juin, il fait un peu chaud (encore que, j'ai quelques charmants pyjamas d'été, souples et aérés) mais je voulais également faire plaisir à mes hôtes. Ma meilleure amie ne m'a jamais fait de remarques déplacées, bien au contraire. Et c'est aussi grâce à son soutien et à son regard bienveillant qu'aujourd'hui, j'ai accepté d'enfiler cette robe trapèze et de ressembler de nouveau à... Aaaahhh ! Une cloche ! Mais bon sang ! C'est moi, ça ?! Qui m'a foutu cet énorme miroir mural dans les couloirs communs ?! J'étais pourtant certaine que le chemin qui mène jusque chez Maddy était déminé !

Sidérée par mon reflet, j'ai du mal à saisir. Un coup d'œil sur les côtés, je finis par comprendre. Prise dans mes pensées, j'ai tourné à droite plutôt qu'à gauche. Et le danger m'attendait là. En 4 par 3. Aussi grand qu'un encart publicitaire pour l'annonce des Rolling Stones en tournée. J'ai le réflexe de tourner les talons mais une force me retient. Allez ! Bouge, Camille, bouge ! Tu ne vas tout de même pas céder à la contemplation de ta petite personne… Rappelle-toi, tu avais prévu de passer une bonne soirée…

J'ai beau tenter de me mouvoir, mon cerveau m'impose de prendre un temps face à mon bourreau réfléchissant. Sérieusement, cerveau ?! Tu veux donc que l'on se fasse du mal… ? Alors qu'un merveilleux moelleux au chocolat nous attend ?! Tu en es bien certain ? Comme tu voudras !

Je fais volte-face et j'y suis. Camille contre Camille. Maintenant que je n'ai plus le choix, je prends le temps de m'examiner de la tête aux pieds. Des années que je ne l'avais plus fait. J'observe mes chaussures. Je connais bien ces sandales. Elles m'accompagnent depuis de nombreux étés et pourtant cette fois, l'effet n'est plus le même. La faute aux chevilles plus fortes. Mes genoux sont moins dessinés aussi et mes cuisses se touchent. Sous la lumière crue de ce couloir, on devine également des petits trous de cellulite. Grâce à la coupe de la robe, je ne vois pas mon ventre mais c'est inutile. Je le connais bien. Il rivalise avec les plis de ceux d'un sharpeï. Quant à mes bras, ils sont suffisamment potelés pour m'assurer la marque de l'échancrure d'ici quelques heures. Mes petits cinquante kilos d'antan sont loin. Et ce nouveau corps dans cette robe trapèze me donne un look d'abat-jour. Cette découverte me donne envie de fusionner avec mon lit à tout jamais, ou d'entreprendre une reconversion de femme-sandwich pour une marque de luminaire…

Heureusement, en me plongeant dans l'obscurité, la minuterie du couloir me sauve de mes désespérantes considérations existentielles. Dans le noir, je décide de longer les murs et avant que le détecteur automatique ne me repère, j'ai déjà atteint la porte d'entrée de ma meilleure amie. Cette performance me pousse à me demander si je ne pourrais pas envisager une vie les yeux fermés.

3

— Tatie Pataaaate !

Léa se jette dans mes bras et les bientôt six ans de ma filleule commencent à se faire sentir. J'ai beaucoup de mal à supporter son poids. Dans quelques secondes, je vais lâcher cette enfant et donner raison aux gens qui disent que porter à sa bouche une cuillère de crème dessert n'est pas de l'exercice. Heureusement, sa mère vient à ma rescousse.

— Attention ma puce, on ne saute pas sur les gens qui font presque notre taille, dit-elle sur le ton de l'humour.

— Dis donc, c'est vrai, ça. Comment se fait-il que tu sois déjà aussi grande ? Tu as rendez-vous avec les étoiles ?

Épatée, Maddy me gratifie d'un haussement de sourcils et je suis moi-même surprise de ma métaphore céleste. Mais très vite, le pragmatisme enfantin nous met d'accord.

— Nan. C'est parce que papa et maman sont grands.

Les lois de la nature résumées en une phrase.

— C'est pour moi ? me demande Léa en désignant le cahier de coloriage.

— Trente-deux pages de licornes, fées et lutins qui n'attendent que ton génie créatif pour prendre vie…

— Merciii !

Léa se saisit de son cadeau avant de courir dans sa chambre. Maddy me considère dans mon ensemble et s'apprête à prendre la parole mais je la coupe avant.

— Non. Inutile de me dire quoi que ce soit sur ma tenue. Je me suis vue.

— Je trouve ça chouette, moi…

— Je serais plus à ma place dans un coin de salon avec une ampoule à la main !

Mon amie fronce les sourcils d'incompréhension.

— Je ressemble à une lampe mal foutue !

— Mais pas du tout, voyons…

— Tatie Pataaate !

L'appel au loin de ma filleule, pile au moment où je me plains de mon physique, est adorable. Cette petite a toujours eu un sens du rythme impeccable.

— Et le surnom de ta fille n'aide pas beaucoup à reprendre confiance, fais-je sur le ton de l'ironie.

— Tu sais bien qu'elle t'appelle « patate » juste parce que c'est le surnom que je t'ai donné quand…

— Quand je n'en étais pas encore une, de patate… fais-je en la coupant.

— Quand je t'ai rencontrée et que j'ai découvert ta passion pour la pomme de terre ! Camille, tu veux bien arrêter de te dévaloriser à ce point ?!

J'observe Maddy et perds mon sourire caustique dès lors que je réalise qu'elle ne plaisante pas. Non.

Elle semble même partiellement agacée… et triste. Mon amie et moi avons toujours partagé une relation articulée sur la bienveillance mêlée à un franc-parler mordant et parfois railleur. Cette fois pourtant, je comprends que je la mets dans l'inconfort. Que ce n'est apparemment pas drôle. De ses prunelles noires intenses, elle me fixe si intensément que je suis à deux doigts de me liquéfier. Et ne me dites pas que c'est impossible, j'ai retenu mes cours de sciences naturelles, le corps est bien composé à 65 % d'eau.

— Camille, reprend-elle déterminée, me faisant sursauter au passage. Tu n'es pas une patate, tu es *notre* patate ! Tu n'es pas une grosse lampe, pas plus qu'un hippopotame ou un culbuto. Tu saisis ?

Je hoche la tête mais cela ne semble pas lui suffire.

— Je n'ai pas entendu. Tu saisis ?!

— Oui, articulé-je tout en entendant un « Oui, chef ! » dans ma tête qui a le bon goût de ne pas sortir.

— Donc s'il te plaît. Arrête ça. Tu n'es pas une boule, une grosse tarte ou une vache, OK ?

— Alors pour la vache, si…

Maddy me fusille du regard. J'apporte une précision aussi vite que possible.

— Meuh-Meuhsine ! C'est ce que je serai demain… Le personnage que j'interprète pour la kermesse à laquelle ma mère m'a demandé de participer…

Ma meilleure amie entrouvre la bouche rapidement puis se ravise. Elle finit par esquisser un sourire.

— Oui, bon… Parfois les éléments s'acharnent un peu… reprend-elle avec la dérision que je lui connais.

— Après j'ai vu des images de Meuh-Meuhsine, elle porte de très jolis anneaux.

— Et j'ai toujours trouvé que les boucles d'oreilles t'allaient bien…

— Elle les a dans le nez !

En imaginant mon futur accoutrement, Maddy se pince les lèvres puis finit par exploser de rire.

— Envoie-moi des photos…

— Compte là-dessus. Avec ma mère aux commandes, je vais probablement revenir avec tout un album… remarqué-je résignée.

— Tatiiiie !

— Bon, je crois qu'une enfant bientôt plus grande que moi me réclame…

— Profites-en pour lui dire d'aller se brosser les dents et dodo dans une heure.

— Hein ? Mais je croyais que j'étais invitée à dîner, pas à faire du baby-sitting…

— Je t'ai promis du gâteau, en revanche je n'ai jamais dit que je n'allais pas t'exploiter… Allez, je compte sur toi. Tatie Meuh-Meuh…

Maddy tourne les talons et je me dirige vers la chambre d'enfant. Je n'ai que quelques mètres à parcourir, pourtant ils suffisent à me questionner. Tous ces qualificatifs ne proviennent pas de mon amie, mais bel et bien de ma petite personne. De moi sur moi-même. Depuis combien de temps est-ce que je me décris essentiellement en ces termes négatifs ?

Quand Léa m'entend arriver, elle me gratifie d'un sourire si radieux qu'il en est communicatif.

Aussitôt, elle me tend son cahier de coloriage pour me montrer ses premières œuvres.

— Ça, c'est maman…

Je découvre le personnage d'une reine des bois majestueuse. Outre le choix fort pertinent pour représenter sa mère, l'utilisation réaliste des couleurs est respectée. Dame Maddy Sylvestre a de longs cheveux noirs ainsi que des yeux tout aussi foncés. Et si l'on considère que le marron est l'illustration du teint hâlé issu de ses origines espagnoles, nous pouvons affirmer que cette petite a l'œil. Léa tourne les pages et désigne un centaure.

— Lui, ça va être papa.

Je réfrène un rire. Pour avoir vu Nicolas se balader en caleçon un nombre incalculable de fois, cette représentation est la plus parfaite qui soit.

— Et je vais faire toi aussi…

Pendant que ma filleule me « cherche » avec le plus grand des enthousiasmes, je perds le mien… Quelle idée ai-je eue de choisir un carnet à dessiner sur le thème des créatures fantastiques ? À coup sûr, dans deux secondes je vais finir en gobelin…

— Elle !

En voyant sur quoi son attention s'est portée, je manque de pleurer… de soulagement ! Me voici illustrée en une adorable petite fée. Sans perdre une seconde, Léa se saisit d'un crayon jaune pour mes cheveux et bleu pour mes yeux… Mon moi féérique prend vie quand soudain ma filleule semble hésiter. Le crayon entre les dents, son regard se porte haut et elle délaisse son dessin au profit de ses pensées… Et voilà ! Je le savais. Elle réalise que ce n'est pas assez ressemblant. Je ne suis pas un petit être ailé et fluide.

— Qu'est-ce qui se passe, ma puce ? dis-je la voix chevrotante.

Nom d'un piano à queue mal accordé ! Sérieusement, Camille ?! Tu angoisses sur le choix de ton personnage dans un cahier de coloriage ?!

— Léa ?...

— Faut que je me brosse les dents ! dit-elle en se levant d'un bond.

— Aaaaah ! C'est tout ? fais-je soulagée plus que de raison.

Léa me considère d'un air dubitatif bien compréhensible.

— Bah oui. Je vais finir ton toi en fée tout à l'heure.

— Tu es vraiment adorable...

Je l'observe quitter la pièce en considérant mentalement que cette enfant est une perle. Puis mon regard se porte sur le petit bureau et une pensée encore plus assaillante me traverse. Est-ce qu'on pourrait qualifier de vandalisme le fait d'arracher toutes les feuilles à colorier qui proposent des trolls ?

4

— Et c'est là que Harry crie Coco !

J'attends encore la chute de la blague de Thibault, le collègue ostéopathe, que mes amis sont déjà en train de rire. Par politesse (et impuissance), j'en fais de même. Mais la lueur de désespoir dans mes yeux doit être grande pour que Maddy m'invite à l'accompagner en cuisine, prétextant une nouvelle bouteille de vin.

— « Harry crie Coco » ? Mais qu'est-ce que ça veut dire ? m'empressé-je de la questionner tout en la talonnant.

— Eh bah si… Harry Coco, comme Haricot…

— Mais… Il n'y a rien de drôle…

— C'est le jeu de mots…

J'accorde quelques secondes à mon cerveau pour tenter de saisir la chose, mais décidément, je ne vois pas.

— Sauf que là, il n'y a que les mots… Où est le jeu ? demandé-je.

Mon amie prend une inspiration concentrée puis se résigne.

— Nulle part ! Il a vraiment un humour pourri…

— Ah ! Merci ! J'ai cru que tu avais perdu ton sens critique…

— Que veux-tu… Depuis que je suis mère, j'ai baissé mes exigences en matière de blagues. Encore que, depuis plusieurs mois déjà, même le doigt qui pète ne fait plus rire Léa…

— Je ne veux pas préjuger mais je suis certaine que celle-ci ferait un carton avec Thibault…

— Hélas, je pense aussi… Mais en dehors de ça, c'est apparemment un excellent praticien.

— J'espère pour lui. Parce que s'il manipule les os comme il déclenche l'hilarité, on va assister à une hausse exponentielle des ventes de minerves !

— Cela dit, il est sympathique, non ?

— Moui…

J'imagine… Sûrement.

Maddy débouchonne une bouteille et je prends le temps de considérer un fait : je ne sais plus juger de la qualité d'un être humain dès lors qu'il appartient au genre masculin.

— Les filles… Vous organisez une contre-soirée ou quoi ?

De toute évidence, Nicolas a perdu la notion du volume en même temps que sa sobriété. Maddy se précipite au salon et en bonne ombre que je suis, j'en fais de même.

— Je te préviens, si Léa se réveille, tu es bon pour lui faire la lecture de tous les Tolkien ! Et rien que le premier volet du *Seigneur des anneaux* fait plus de sept cents pages. Ta fille sera déjà mariée que tu n'auras pas fini de lui lire toute son œuvre !

Waouh ! Ma meilleure amie a déballé toute sa menace littéraire sans bégayer. Quelle classe ! Nicolas l'observe sans cligner des yeux et les effets de l'apéro se dissipent instantanément. Pour les contrôles routiers d'alcool au volant, abandonnez la répression à base de perte de points. Embauchez Maddy. Elle vous dessoûle un homme en moins de deux minutes !

— Excuse-moi, mon amour. Je vais passer à la grenadine, je crois...

Nous nous réinstallons à table et j'enfourne goulûment une part de tarte aux champignons. C'est le moment que choisit Thibault pour me questionner sur mon travail. Décidément... Il n'aurait pas pu faire une nouvelle blague ? Ça m'aurait arrangée sur ce coup-là. En essayant de répondre, je manque de m'étouffer avec un morceau de pâte feuilletée collé à ma glotte. Après un verre d'eau et un râle aussi délicat que celui d'un fumeur de gitanes après cinquante ans de tabagisme, je suis prête à reprendre la discussion.

— Pardon, tu disais ?

— Je voulais savoir en quoi consiste ton métier. Nicolas m'a dit que tu es dans l'audiovisuel ?

— Oui, je suis réalisatrice freelance et je travaille aussi à mi-temps pour le service évènementiel d'une petite mairie en banlieue parisienne...

— Oh génial. Et tu réalises quel genre de films ?

Je sais à quoi il s'attend. Il s'imagine de grandes choses... Il espère que je vais lui citer le nom d'une série ou d'un film connu, pour ensuite me demander comment se passent les coulisses, si dans la vie tel acteur est sympa ou non... La réalité est que j'accepte de filmer tout et n'importe quoi tant que ça ne m'engage pas trop, et c'est rarement glorieux. Je suis devenue boulimique de la vie des autres pour éviter d'avoir à en vivre une. J'ai ainsi marié une quinzaine de couples à l'image, immortalisé un concours de cruciverbistes, célébré les dix-huit ans de plusieurs jeunes filles dont le prix de la robe de soirée aurait pu m'assurer deux mois de loyer. Et surtout, j'ai refusé tous les projets ambitieux qui m'auraient demandé de quitter ma grotte plus de deux jours. Je n'en étais pas capable. Alors pour les potins sur les célébrités, on reviendra. Le mieux que j'aie à lui offrir, c'est une publicité pour un yaourt, tournée il y a quelques mois…

— J'ai fait le spot pour la marque Acti+.

— C'est quoi, ça ? Du lait ?

— Un yaourt qui favorise un bon transit… Je l'ai testé et il faut reconnaître que c'est plutôt efficace.

Si j'en crois son mouvement de recul et son air contrit, je dirais que parler constipation est l'un des moyens les plus performants pour enterrer une conversation. Il préfère embrayer sur autre chose.

— Et sinon ? Tu es célibataire ?

Damned! Finalement, j'aurais dû mentir et lui dire que j'étais sur le tournage du dernier Nolan…

Je m'apprête à répondre quand un voile se dépose dans mon esprit. Quelle est la réponse ? Je ne suis pas veuve, nous n'étions pas mariés, Ewen et moi, même si j'ai l'impression d'avoir perdu un époux. Célibataire… Que signifie ce mot ? Non, je ne suis pas célibataire… C'est si réducteur. Je suis une âme à qui on a arraché un morceau. Une enveloppe corporelle qui transporte bon gré mal gré ses bouts fracturés. Un cœur dont les éclats sont en désordre et peinent à retrouver leur place. Des centaines de réponses potentielles se bousculent dans ma tête.

Un silence lourd s'abat autour de nous tous. Malgré son mutisme, Maddy semble paniquée et vouloir venir à ma rescousse, Nicolas retient son souffle en se tripotant nerveusement les doigts, quant à Thibault, le regard teinté d'incompréhension, il attend une réponse.

De toute évidence, mes amis ne l'ont pas tenu informé de mon état matrimonial et je les en remercie. Si la compassion de mon environnement m'a beaucoup touchée les premiers temps, j'ai rapidement ressenti l'urgence de cesser d'être à leurs yeux la petite chose à manipuler avec délicatesse. Parfois, la bienveillance peut flirter avec la pitié et c'était inenvisageable. Je décide de crever l'abcès de la tension.

— Je n'ai personne dans ma vie… dis-je détendue et souriante.

Aussitôt, un soulagement général s'empare de l'assemblée. L'oxygène circule de nouveau.

— Ce n'est pas une tare, enchaîne-t-il. Le couple n'est pas une fin en soi. Malheureusement avec la pression de la société, beaucoup ont l'impression qu'ils sont en échec s'ils ne partagent pas une relation…

Oh ! Monsieur pas-rigolo-mais-bon-ostéo vient de me surprendre et plus qu'agréablement. Son sens du comique est peut-être limité, pour autant il ne manque pas de profondeur. Et puis, ne serais-je pas un peu trop juge… Après tout, qui n'a jamais ri devant une blague potache ? Son discours me détend. Peut-être un peu trop…

— Ce n'est pas faux… Ceci dit, à mon stade de solitude, je vais bientôt ne plus savoir comment embrasser ou faire l'amour… Encore quelques mois à ce rythme et mon hymen va bientôt se reconstituer entièrement…

Non ?! Non ! Je ne viens pas de dire ce que je viens de dire, et qu'aucune personne un tantinet équilibrée ne dirait ?

Thibault me dévisage avec une expression qui ne porte pas encore de nom tant elle est nouvelle. Je peux juste constater que son œil droit dégouline un peu sur ses pommettes et ses lèvres se sont retroussées de telle sorte qu'il ressemble à ces yorkshires en fin de vie qui affichent un faciès figé de chien empaillé.

Le retour de boomerang a été rapide. À m'être moquée de l'humour de cet homme, voilà que je viens de tomber dans les abysses du mauvais goût. Depuis quand parle-t-on à table de son transit puis de son hymen, à un inconnu, le tout en moins de cinq minutes ? Même en consultation, un professionnel de santé trouverait l'ensemble un peu trop dense…

J'essaye de puiser dans mon cerveau une phrase qui permettrait de désamorcer la situation mais le constat est sans appel ! Ces dernières années passées à jouer les ermites ont définitivement annihilé ma pertinence.

— Moelleux au chocolat pour tout le monde ?

Seigneur ! Merci d'avoir créé Maddy ! Sa proposition de dessert a déporté l'attention de ma pathétique interaction sociale. Sans le savoir, ma meilleure amie vient de me sauver la vie. J'allais me noyer dans ma salive, tant ma gêne freinait le bon fonctionnement de ma déglutition.

* * *

Sur le pas de la porte et avant de me la tendre, Maddy finit de vérifier que sa boîte Tupperware est bien fermée.

— Merci pour le gâteau… fais-je en saisissant le petit contenant.

— Oh, je t'en prie… Ça te fera un petit déjeuner sympa pour demain comme ça.

— Non, je veux dire pour l'intervention « moelleux au chocolat ». Je crois que je ne sais plus jauger mes propos… Quelle lourdingue j'ai été. En plus, scientifiquement parlant, on sait très bien que l'hymen ne peut pas se reconstituer naturellement…

Mais Camille, tais-toi !

— Ne te préoccupe pas de ça, ma patate… Moi, j'ai trouvé ça drôle…

— Merci pour ton gentil mensonge. Ta mauvaise foi amicale me remonte le moral…

Maddy me sourit avec tendresse et connivence.

C'est vrai, parfois certaines vérités méritent de rester aussi floues qu'un écran de téléphone collé trop longtemps à la joue d'une démonstratrice de fond de teint…

5

— Tu es magnifique !

J'observe ma mère d'un œil sceptique… Et constater que son compliment est sincère me consterne davantage encore. Affublée de mon costume de vache Meuh-Meuhsine, ma mère m'inspecte de la tête aux pieds.

— C'est super. Je craignais qu'il soit un peu trop près du corps, mais non. J'ai bien fait de coudre le tout avec une demi-taille en plus.

Parfait… Une demi-taille supplémentaire était donc nécessaire pour me sentir à l'aise dans un costume de bovidé. Voilà le genre de nouvelles qui vous donne la pêche pour toute la journée…

— Et petite fantaisie pour agrémenter l'ensemble…

À ces mots, je me demande quelle autre surprise m'attend. J'ai déjà les petites nattes rousses brodées qui me fouettent le visage à chacun de mes mouvements. Des boucles d'oreilles en forme de cerise. Et une queue qui se termine par un pompon.

— Au niveau de l'entrejambe, j'ai installé un scratch…

Ma mère semble tout excitée et attend une réaction de ma part qui tarde à venir.

— Pour tes passages aux toilettes… Ce sera quand même plus simple que de tout retirer.

L'ampoule s'allume enfin dans ma tête.

— Pas faux… Bien pratique, fais-je sincère.

— Ah ! Elle est contente que sa maman ait pensé à ça, pas vrai ?! Qu'est-ce qu'on lui dit ?

— Eh beh… On lui dit merci…

Bonjour. Je m'appelle Camille. J'ai cinq ans.

J'ai bien envie de dire à ma mère qu'en assistant à cet évènement local, j'ai accepté de mettre de côté le peu de dignité qu'il me reste. Qu'à ce titre, c'est moi qu'on devrait remercier, mais évidemment je n'en fais rien. Ces dernières années ont été difficiles pour elle aussi. Je ne l'ai pas laissée m'aider. Je n'avais aucune envie de revivre en miroir le souvenir douloureux de la perte de mon père, adolescente. Alors, ma mère a fait ce qu'elle sait faire de mieux. Être présente en cas de besoin, m'envoyer de petits messages pour me dire bonne nuit ou s'assurer que je mange suffisamment. Je ne compte plus les barquettes de plats préparés qu'elle venait me déposer le week-end, pour que je n'aie plus qu'à les réchauffer la semaine. Sans parler des écharpes et des mitaines tricotées pour que je n'attrape pas froid. J'ai même fini par lui demander de me coudre un pyjama. Après tout, en bonne couturière, j'aurais eu tort de ne pas lui demander de quoi végéter de façon optimale.

— Bon, tu es prête pour rejoindre Cochon NouNou ? Tu vas voir, il est très sympathique.

Au même instant et de ce que je peux en déceler derrière son groin, un homme d'une cinquantaine d'années fait son entrée dans la salle de classe transformée en loge.

— Hello, hello… Alors, où est ma petite compagne de la journée ?

— Ah, Bertrand… Viens là que je te présente ma fille… Et voici Camille. N'est-elle pas mignonne dans son petit costume ?

— Oh, mais qu'elle est jolie… Regardez-moi ça…

Mais ?! Vont-ils cesser de m'infantiliser de la sorte ? Ce n'est pas parce que nous sommes réunis dans une école primaire et que je mesure un mètre cinquante-neuf, qu'il faut me parler comme si je faisais ma rentrée en CE1.

Je souris bon gré mal gré… Le plus désespérant, c'est que j'espérais secrètement paraître moins grosse aux côtés d'un cochon. Hélas, il n'en est rien. Si Bertrand est plein d'entrain et ne démérite pas par sa volonté d'assurer, il n'en reste pas moins qu'il y a erreur de casting. Sa silhouette chétive et ses bras dégingandés font de lui un porcin qu'on aurait passé au rouleau compresseur. À défaut d'un porc rondelet, il a au moins le look d'une tranche de jambon… Dommage que le personnage n'existe pas, Bertrand aurait fait fureur dans la peau de Ron-Ron le héron.

— Bien, très chère Camille. Prête pour une journée de folie ?

Si les parties du corps humain pouvaient s'exprimer à l'oral, on entendrait mes yeux crier « À l'aide »…

— Je suis impatiente…

D'enthousiasme, ma mère tape dans ses mains et après avoir passé son doigt au préalable sur sa langue, elle me recoiffe les sourcils. Je me laisse faire sans broncher.

Je n'ai peut-être plus l'âge de porter un cartable mais de toute évidence je ne sais toujours pas dire non à la maîtresse.

6

— Meuh-Meuhsiiiiiiine !! Pablo, il m'a piqué le bras pour pas que j'attrape le canaaaard ! chouine la fillette.

— Mais Pabloooo !! hurlé-je une canne à pêche dans les mains. Est-ce que tu peux arrêteeerrr ?!

Alors que j'essaye d'aider une enfant de sept ans à attraper un ridicule volatile en plastique, le tout en pleine sudation de l'extrême dans mon costume étouffant, mes nerfs viennent de lâcher ! Mais il faut reconnaître que le petit garçon, s'il n'a pas le diable au corps, en a au moins la fourche ! Depuis son arrivée, il y a plus d'une heure, la kermesse tourne au cauchemar. Malgré le chamboule-tout, les quilles et même une partie de balle aux prisonniers organisée par les professeurs, rien n'y fait. Le garçonnet a décidé que piquer ses petits camarades d'école à l'aide d'une fourchette en plastique (et s'enfuir effrontément en riant dès qu'un parent tente de le sermonner) était une activité plus amusante. Comme je suis « embauchée » – à titre gracieux – en tant que mascotte pédagogique, mon rôle est de m'assurer du bon déroulement de la journée ainsi que d'amener parents et enfants à s'intéresser à la rétrospective éducative des animaux de la ferme à laquelle la directrice de l'établissement tient tant. À ce sujet, je me pose d'ailleurs une question (la seconde étant « Comment attraper Pablo et l'assommer sans laisser de traces ? ») : quel enfant en fin d'année scolaire aurait envie de revenir sur ce qui fait déjà partie de ses souvenirs ? Comme j'envie cette capacité enfantine à vivre dans le présent. Les enfants ne s'appesantissent pas sur le passé. Ils peuvent s'érafler le genou, ils vivront pleinement la douleur, puis l'instant d'après, ils s'en retourneront courir, à la poursuite de nouvelles aventures.

— J'ai maaaal !

Arfff ! Pour le moment, les complaintes de la petite en sont encore au stade de l'instant présent et me ramènent par là même à ma condition d'aidante.

— Ça va aller, ma puce… Montre ton bras ? lui fais-je.

— Poussez-vous, je m'en occupe !

Je viens de recevoir une injonction de la part d'un homme barbu qui m'a aussitôt renvoyée trente ans en arrière. L'époque où monsieur Dalhouin, mon maître d'école, me faisait des remontrances car je ne réussissais pas à écrire en suivant les lignes du cahier. Sa longue moustache m'effrayait et je m'étais persuadée qu'elle devait cacher une multitude d'insectes prêts à me grignoter les doigts la prochaine fois que j'écrirais en colline plutôt qu'en plaine…

— On va aller te passer un peu d'eau froide, mon cœur.

À la douceur du ton employé, de toute évidence, il s'agit du papa.

Je m'apprête à expliquer la situation quand une douleur vive me transperce la main.

— Aoutch !!

Inutile de chercher plus longtemps le criminel, son rire démoniaque se fait entendre.

— Pablooo ! Si je t'attrape, tu vas voir !

Au même instant, le papa se redresse et j'ai droit à deux bombardiers en guise de prunelles.

— C'est comme ça que vous faites la surveillance ?!

Eh oh ! Je peux avoir droit à un peu de compassion, moi aussi ? J'ai encore la trace des cinq piques de la fourchette sur le dos de la main.

— Oui bah, je fais ce que je peux…

Hmmm… Si quelqu'un en doutait encore, je suis mauvaise en plaidoirie. Ne m'envoyez jamais me défendre seule au tribunal.

— Clairement, on ne peut pas compter sur vous pour assurer la sécurité de nos enfants !

— Je suis une vache ! Pas un vigile… Le maximum que je puisse faire, c'est donner un coup de queue ! Et encore, si vous regardez bien, elle ne fouettera personne, elle se termine avec un pompon en laine. Et connaissant ma mère, elle a dû utiliser la plus douce qui soit…

— Attendez là ! Vous me parlez chiffon alors que ma fille vient de se faire violenter ?!

Je m'efforce de ne pas pouffer de rire. Il s'agirait peut-être de doser un peu, monsieur le grandiloquent. Même la petite, dont l'attention s'était déjà focalisée sur le nouveau sac à paillettes d'une de ses camarades, semble sceptique. Elle observe son père et semble se demander quel a été le point de départ de la situation.

— Je ne banalise pas ce qui vient de se passer, mais de là à parler de violence… Il s'agit juste d'un gosse. Pénible au possible, je vous l'accorde, mais il cherche juste à jouer…

— On voit que vous n'avez jamais souffert, vous !

Alerte ! Stop ! Ne pas pleurer ! Ne pas taper non plus ! Les deux réactions n'étant pas indissociables, il se peut que je me jette sur cet homme afin de le noyer sous mes larmes ! Quelle est cette façon de faire ? Comment peut-on émettre un jugement aussi dur et radical sans rien connaître d'une personne ?! Je brûle de lui déballer mon CV de la peine avec date et géolocalisation précise ! Heureusement, Bertrand, alias Cochon NouNou, asséché après trois mois de diète, déboule de nulle part.

— Hello, hello… Alors, comment se passe cette partie de pêche ? Ça mord ?

Mes babines étant retroussées, à tout instant, la réponse peut s'avérer positive. Mais cette option laissera quelques traces de dents sur la jugulaire d'un père de famille et je m'en voudrais d'être responsable d'un traumatisme conséquent sur une enfant de sept ans.

— J'ai besoin de faire une pause. Tu prends la relève par ici s'il te plaît ?

— Pas de problème, Meuh-Meuhsine. Va brouter un peu d'herbe bien fraîche pour te requinquer…

Bertrand est absolument hilare et j'expire, tout en me répétant mentalement que juger les autres est mauvais pour le karma.

Je finis par trouver un petit coin reculé et à l'ombre. Assise sur les marches des escaliers qui mènent à une classe, je retire ma coiffe de vache et me débats pour déboutonner les attaches arrière de mon costume et ainsi libérer le haut de mon corps. Mais que fais-je dans cette galère ?

Tandis que je tente d'éponger mes aisselles du mieux possible, j'aperçois dans le reflet de la vitre une silhouette qui approche discrètement de moi. Je n'ai nul besoin de discerner davantage de détails pour reconnaître qu'un petit être maléfique a pour objectif de m'embrocher une fois de plus. Cette fois, la confrontation directe va avoir lieu.

Approche, petit garnement, Tatie Camille va t'accueillir comme il se doit !

Je fais mine de ne pas l'entendre arriver à ma hauteur, puis j'interviens. Je saisis le bras de Pablo qui se débat et s'agite comme un asticot qu'on viendrait de couper en deux.

— Mais lâââche-moi !

— Pour que tu me plantes encore un coup de fourchette ?! Tu peux toujours rêver !

— T'as pas le droit de me taper !

— Alors premièrement, je ne te tape pas. Et deuxièmement, de qui il se moque, Capitaine Crochet, là ?! C'est l'hôpital qui se fout de la charité !

— Eh, tu parles bizarre, je comprends rien ! Vas-y, lâche-moi !

Tout en maintenant avec force le démon, je reconnais mentalement qu'entre une référence Disney qui commence à dater et une expression passée de mode, je ne lui facilite pas la compréhension.

— Je ne te lâcherai pas tant que tu ne te seras pas calmé !

— T'es grosse en plus !

Oh mais la cruauté des enfants !

— Je ne suis pas grosse, j'ai pris un peu de poids ! C'est surtout le costume qui donne cette impression… !

Oh mais le pathétique de ma réponse !

— C'est ça, ouais…

— Bon ! C'est quoi, ton problème ?! Pourquoi tu ne vas pas jouer tranquillement avec tes copains ?

— J'ai pas de copains !

— Tu m'étonnes ! En même temps, qui voudrait prendre le risque de faire ami-ami avec l'embrocheur des bacs à sable…

Pablo me gratifie d'un regard entre incompréhension et dédain. Je reprends.

— Peut-être que tu n'as pas de copains parce que ton jeu préféré, c'est de leur faire du mal ! Tu es au courant que piquer les gens avec une fourchette, c'est tout sauf amical ?

— Je m'en fiche, je les aime pas !

— Oui, mais ne pas aimer les gens, ça ne justifie pas de les agresser physiquement ! Et crois-moi, si je n'avais pas cherché à m'en convaincre tout au long de ma vie, j'aurais assommé un nombre incalculable de gens !

— Ah ouais ? T'as déjà eu envie de taper quelqu'un ?

— Ouh là !! J'ai parfois même passé des heures à imaginer comment je procéderais ! Avec une casserole, en plantant mes dents dans leur mollet, en les assommant à coups de pelle… Mais… Qu'est-ce que je raconte, moi ?! fais-je en me reprenant. Taper, c'est mal ! La violence ne résout rien…

Nom d'un sabot mal limé ! Comme je déteste cette petite voix dans ma tête qui tambourine un « Oui, mais parfois, ça pourrait soulager »…

— Bref ! On ne fait pas ça ! Et puis, si tu ne t'entends pas avec tes camarades, tu peux au moins passer la journée avec tes parents. Ils sont où d'ailleurs ?

— Ils sont pas là…

J'observe le petit garçon à la mèche ébouriffée et je me pense suffisamment intelligente pour lire entre les lignes.

— Je te promets que je ne vais pas aller les voir pour leur parler de toi. Juste, dis-moi avec qui tu es venu aujourd'hui.

— Personne, je te dis ! Ils sont pas là.

— Mais comment ça ? Tu as quoi ? Sept ans ?

— Et demi…

— Tu n'es quand même pas venu sans être accompagné ?

— Si, je suis grand… Je viens à l'école tout seul depuis que j'ai six ans. Et puis, ils s'en fichent de moi de toute façon.

— Oh mais non, voyons…

— Si ! Papa, il a dit qu'il allait pas se faire chier avec ces conneries pour gamins, et maman, elle s'occupe de mon petit frère et de ma petite sœur. Ma petite sœur, c'est encore un bébé…

Sans que je ne m'en rende pas compte, j'ai desserré la pression de mes doigts entourant le bras du petit garçon. Pourtant, il n'en profite pas pour s'enfuir. De sa fourchette en plastique, il pique juste machinalement la rampe d'escalier en métal. De mon côté, mes yeux s'humidifient instantanément. Fichue hypersensibilité ! N'ai-je pas sécrété suffisamment de liquide avec toute cette transpiration ? Faut-il rajouter des larmes par-dessus ?

— Et ça te fait quoi que tes parents ne soient pas avec toi ?

Sans répondre à la question, Pablo hausse les épaules, résigné.

— Tu aurais voulu qu'ils viennent ?

— Oui, mais ils ont pas le temps. Et puis, mon père il dit que je suis con.

Alors je ne pensais pas avoir plus chaud qu'en cet instant, mais de toute évidence, mon sang qui vient de ne faire qu'un tour m'indique que si.

— Alors non ! Tu n'es pas con ! Tu m'entends ?! Ça, certainement pas ! fais-je remontée comme un volcan.

Pour la première fois, Pablo me regarde droit dans les yeux et son expression en est émouvante.

— Mais tu me connais pas, tu peux pas dire… poursuit-il, sincère.

— Mais je peux juger sur ce que je vois. Et je peux t'assurer qu'un petit garçon qui a réussi à planter sa fourchette auprès de la moitié de son école, sans se faire attraper, c'est un petit garçon super vif et bien rusé.

Bon. Je reconnais que l'exemple est totalement alambiqué et je viens peut-être d'inciter un futur tueur en série à continuer d'œuvrer sur le chemin du mal.

— Même si, je me répète, on ne tape pas les autres. Ça, je condamne, Pablo.

Que Dieu m'entende, je ne veux pas être la complice d'un psychopathe dont je découvrirais les méfaits vingt ans plus tard, dans un documentaire Netflix. J'imagine déjà le témoignage de *Pablo l'Embrocheur* : « Quand j'étais enfant, une femme habillée en vache a su me valoriser et me montrer la voie. »

Brhhh !

— Tu comprends ce que je veux dire ? Il ne faut plus faire ça, fais-je trop impliquée par ma vision catastrophe. Mais cette vivacité que tu as, cette rapidité d'esprit, prouve que tu as beaucoup de capacités et tu dois t'en servir pour de meilleures choses.

Pablo semble autant intrigué que dans le flou. Difficile en effet de transposer ses « compétences » dans une réalité professionnelle. Moi-même, je nage… Au sens figuré comme au sens propre… Je dégouline de tous les côtés ! Nom d'une chaussette encore égarée, quel est ce tissu qui va finir par m'ébouillanter ?!

— Par exemple… dis-je pour reprendre. Si tu aimes le sport, tu peux envisager de devenir rugbyman, c'est un sport d'évitement, de contact… et…

Je m'arrête pour observer la silhouette fluette du petit garçon. Aussitôt un « splatch » me saute à l'oreille. Je change de proposition.

— Ou alors détective privé… C'est bien, ça… Tu pistes les gens discrètement, rapidement, sans jamais te faire prendre…

— Ah oui… Je les suis dans la rue, avec un appareil photo et tout…

— Oui, voilà. Et là, tu remplaces ta fourchette en plastique par du matériel numérique. Ça a quand même plus de gueule, nan ?

— *De gueule…* reprend Pablo amusé par ma vulgarité.

Je suis dans un état si piteux que je ne cherche même plus à rectifier le tir de mon vocabulaire inadéquat…

— Détective, ça a l'air cool…

— Tu promets que tu vas réfléchir à ce que tu aimerais faire plus tard ?

— Oui…

— Et que tu vas arrêter de considérer les bras et les cuisses des gens comme des saucisses cocktail en manque de cure-dents ?

— Quoi ?

Décidément, mes allégories sont bien peu comprises.

— Est-ce que tu promets d'arrêter de piquer les gens avec une fourchette ?

— D'accord… répond le petit garçon avec un sourire contraint.

— Et avec tout ce qui pique d'ailleurs… ?

— J'ai dit oui…

— Bon, parfait. Alors, je peux retourner à mes passionnantes activités, fais-je ironiquement en me relevant aussi gracieusement qu'un tracteur à l'arrêt depuis les années 1920. Tu es un chouette petit, n'oublie pas ça…

À ma grande surprise, Pablo m'enlace et les quelques degrés supplémentaires que me procure ce câlin ne me dérangent même pas.

— Allez, file t'amuser maintenant…

— OK !

Je lui décoche un sourire avant de retrouver cette fichue coiffe de vache et de me la visser de nouveau sur la tête. Alors que je me débats avec les nattes qui se sont entortillées sur elles-mêmes, une douleur vive dans le fessier manque de me faire basculer.

— Pablooooo !

— C'était la dernière fois, promiiiis !

7

— Bon bah là, c'est la A1 et… ah tiens ! Par ici, je la reconnais, on récupère la départementale en direction de la rue du Président… ! Parfait, si un jour mon GPS tombe en panne, je n'aurai qu'à jeter un œil dans mon rétroviseur pour me repérer ! Pfff !

Je continue de scruter mon reflet dans la glace du hall d'entrée de mon immeuble et les vaisseaux sanguins sur mon visage sont tellement dilatés que ma figure fait office de carte routière ! J'ai la face aussi marbrée qu'un cake industriel. Plus jamais je n'accepterai de porter un costume de vache en plein été ! Mais qu'est-ce que je raconte ? Plus jamais je n'accepterai de porter un costume de vache ! Il me tarde de mettre ma tête dans le réfrigérateur tant ma chaleur corporelle ne diminue pas. Il est 22 h 30, et pourtant l'air est toujours étouffant. J'emporte le courrier resté dans ma boîte aux lettres depuis plusieurs semaines et je regagne enfin mon domicile.

Malgré leur insistance, je n'ai pas eu le cœur à passer la nuit chez ma mère et tonton Hubert. J'ai eu besoin de retrouver mon chez-moi, mon refuge. Vite.

Une gorgée d'eau glacée et je m'affale dans le canapé tout en commençant à ouvrir les lettres, négligées depuis des lustres. Beaucoup de publicités. Tiens, pour cinq conserves de petit pois achetées, la sixième est offerte… En voilà, une sacrée affaire ! Idem pour les briques de jus d'orange… J'en viens à considérer que cela pourrait être un régime alimentaire acceptable durant quelques semaines. Ah ! Un prospectus vantant une résidence pour séniors m'est directement adressé. Enfin presque. Sur la lettre automatisée et préremplie où seul le nom change, Camille s'est transformée en Camillo. Ainsi soit-il. Je serai donc votre Don Fernandel.

Je feuillète la brochure de la maison de retraite « Les Jonquilles » et elle donne presque envie. Un chef cuisinier sur place, des ateliers de musicothérapie et même un salon de coiffure-pédicure esthétique. Quelle chance… Dire que ma dernière manucure remonte à si loin que je ne saurais même plus reconnaître l'odeur du dissolvant…

Je suis en train de jeter un coup d'œil sur les factures courantes, quand je (re)découvre une enveloppe. Un vague souvenir de ce courrier, intercepté avec son accusé de réception il y a une quinzaine de jours, puis replacé dans la boîte aux lettres avant de poursuivre mon chemin en direction de l'épicerie. Et oublié.

Plusieurs relectures sont nécessaires tant le contenu ne veut pas s'imprimer dans mon esprit :

À Paris, le 30 juin
Objet : Congé pour reprise du logement

Madame Camille Sagnier,

J'ai le regret de vous informer, par la présente, que le bail d'habitation qui vous a été consenti ne sera pas renouvelé. Ce congé est motivé par la reprise du logement à titre de résidence principale. Je vous propose d'établir l'état des lieux de sortie dès que vos meubles auront été déménagés de l'appartement, soit au plus tard le 15 décembre.

Je vous prie de croire, Madame, en l'expression de mes salutations distinguées.

Est-ce qu'un séisme de force mille est possible ? Qui plus est à Paris ?! Parce que je sens la terre trembler sous mes pieds alors qu'ils sont pourtant négligemment étendus sur le canapé. Je me redresse pour tenter de remettre à sa place mon cerveau tombé dans mon estomac.

Est-ce qu'on me déloge de ma tanière ? Est-ce qu'à compter d'aujourd'hui, on me déracine ? Suis-je en train de vivre mes derniers instants dans ce qui a été le repaire de mes plus doux moments, le siège de mon bonheur ? Va-t-on me priver du dernier endroit qui me connecte encore à Ewen ?! Cette fois, c'est certain, je suis une papillote sur le point de cuire à l'étouffée.

Je pousse un gros cri dans un des coussins à portée de main. Je ne peux pas partir d'ici ! Je ne veux pas ! Aussitôt, mon cerveau s'emballe. Dans très peu de temps, je serai à la rue. Car soyons lucide, je cumule les handicaps. Tout d'abord, je vis dans une capitale saturée par les demandes de logement, dont l'inflation accentue toujours un peu plus l'indécence des loyers. Vous aviez de la compassion pour ce pauvre Harry Potter contraint de dormir dans un placard sous l'escalier ? Ici, des gens sont prêts à offrir plus de la moitié de leur salaire pour la même superficie. Vous les verrez faire la queue durant des heures, des dossiers personnels sous le bras aussi gros que le *Vidal*, espérant être les heureux locataires d'un cagibi sombre et étriqué. Ensuite, je suis auto-entrepreneuse, un statut qui, sur le papier, a un goût de modernité, d'ambition et de Spritz siroté en terrasse de café mais qui, dans le réel, est, aux yeux des propriétaires, synonyme de furoncle, verrue et autre mycose. À croire que nous autres, les « sans CDI », sommes des êtres contagieux.

Enfin, je suis célibataire. La société est articulée et facilitante pour la vie à deux. Tout est trop cher, trop complexe quand il s'agit d'œuvrer seule… J'envisage déjà mon déménagement dans ma chambre d'adolescente, chez ma mère, dans le nord de la France. Bien sûr qu'elle m'hébergerait de bon cœur, mais qui, à trente-sept ans, rêve de s'endormir sous l'éclairage d'étoiles phosphorescentes collées au plafond et qui n'ont jamais été décrochées parce que « ça me rappelle quand tu étais petite et que tu les fixais pendant que je te racontais une histoire » ?

Alors c'est donc ça, la vie ? Un cycle perpétuel qui, derrière quelques instants heureux, cache des crevasses qui n'attendent que notre chute ? J'ai pourtant l'impression que certaines personnes empruntent des chemins mieux goudronnés. Pourquoi faut-il que le mien me donne l'impression de participer à l'Enduro du Touquet à trottinette ? C'est épuisant. Peut-être que c'est une question de karma… Certaines personnes ont droit aux routes avec une meilleure visibilité, poursuivant leur existence droit devant, sans jamais trébucher. Et puis, il y a les autres… Ceux qui progressent toujours en déséquilibre, dérapent dans le caniveau et passent leur temps à sécher leurs semelles de chaussures, dégoulinantes d'une eau boueuse…

Je me lève nerveusement et prends conscience de mon environnement. En cet endroit, il y a tout ce qui représente ma vie, celle que j'étais, celle que je suis.

Sans prévenir et à vive allure, l'inventaire de mes possessions vient rebondir sur les parois de ma boîte crânienne aussi vigoureusement qu'une balle de caoutchouc durant une partie de squash. J'ai de l'empathie pour les murs qui subissent cette violence. C'est très douloureux.

Les livres, les babioles rapportées des vacances, les appareils culinaires qui n'ont servi qu'une fois mais qui nous semblaient indispensables au moment de l'achat, la collection de plaids, les vêtements, les chaussures, les étagères, le lit, le fauteuil… Un parchemin infini se déroule derrière mon troisième œil… Que vais-je faire de tout ça quand je serai à la rue ?

Comme à mon habitude, j'extrapole trop vite et trop loin. Cependant, même si je ne vais pas embrasser le bitume demain, je ne peux faire l'autruche pour autant… À partir de maintenant, un compte à rebours vient de s'enclencher… Je ne dois plus seulement envisager de bouger, je dois m'activer pour de bon. Où vais-je trouver la ressource et l'énergie nécessaire à la recherche d'un appartement dans l'une des villes les plus saturées de France, quand certains soirs, je n'arrive même pas à me mobiliser pour me lever du canapé et cuisiner, alors que mon estomac m'implore de le nourrir ?

Je sais que c'est physiologiquement impossible, mais je jurerais que mes yeux viennent de faire un tour à 360 degrés dans leur orbite.

Machinalement, je me dirige vers la cuisine et ouvre la porte de mon réfrigérateur. Agenouillée devant, je dépose ma tête entre le bac à légumes et l'étagère à sauces. Malgré moi, je découvre que la date de péremption du ketchup est passée depuis au moins un an… Bon à savoir. Je mourrais peut-être prochainement de froid, errant dans les ruelles, seule et abandonnée, mais pour sûr, je ne décéderai pas d'une intoxication alimentaire.

Mon visage légèrement rafraîchi mais mes genoux commençant à s'engourdir douloureusement, je sors la tête du frigo et retourne du côté de ma table basse.

Je récupère le prospectus sur la maison de repos et y jette un dernier coup d'œil. Finalement, il peut s'avérer intéressant de le lire plus en détail…

Qui sait, ils acceptent peut-être les admissions anticipées ?

8

« Quand tu ne sais plus gérer tes problèmes, occupe-toi de ceux des autres ! »

Voici l'un des conseils que m'a donnés ma psychologue avant de renoncer à sa fonction pour changer radicalement de vie. D'ailleurs, je me demande parfois si la raison de son soudain abandon de poste n'est pas en partie liée au fait de m'avoir eue pour patiente. Sa recommandation – partagée plus haut – visait à proposer à mon cerveau, qui tournait en boucle comme un hamster dans sa roue, de déporter son attention sur des problématiques externes aux miennes, afin de souffler un peu et de récupérer ainsi sa capacité de raisonnement. C'est en partie pour cette raison que mon travail a pris tant de place. Avoir à me soucier de l'immortalisation d'un gâteau d'anniversaire *La Reine des neiges* d'une petite Clara de quatre ans avait quelque chose de reposant. Cependant, maintenant que je sens de nouveau mes roues de voiture s'enfoncer dans les cratères boueux de son terrain, je la soupçonne de m'avoir conditionnée à procéder de la sorte afin d'obtenir de la main-d'œuvre pas chère (comprendre « gratuite ») pour retaper son corps de ferme.

C'est que Valérie est devenue une amie. Si le terme est un peu fort, il est pour autant celui qui se rapproche le plus de la vérité. Durant un peu plus de deux ans, elle a été mon rendez-vous hebdomadaire et mon phare WhatsApp dans la nuit, les fois où je sentais les crises d'angoisse me submerger un peu trop fort. Ne voulant pas déverser tout le poids de mon malheur sur Maddy ou sur ma mère, ces échanges avec Valérie m'ont permis de traverser les phases les plus difficiles, sans me rajouter la culpabilité d'impliquer trop lourdement les gens que j'aime. Puis un jour, Valérie m'a annoncé que le moment était venu d'arrêter les séances et que je devais de nouveau appréhender le fait de vivre en autonomie. Étant donné le peu d'interactions sociales initiées en dehors de mon travail durant les mois qui ont suivi, je pense que mon cerveau a plutôt entendu « autarcie ». Pour autant, elle avait vu juste. Je ne ressentais plus le besoin vital de trouver un support humain, prêt à réceptionner mes sempiternelles questions sans réponses, et je ne me ruais plus sur la boîte de Kleenex dès mon entrée dans son cabinet. Et tant mieux d'ailleurs. Car trois semaines après m'avoir dit au revoir, un mail collectif nous informait que « Valérie Loiseau arrête définitivement les consultations mais se chargera bien sûr de rediriger les patients en cours de thérapie vers d'excellents confrères ».

Je me rappelle mon message lui souhaitant beaucoup de belles choses pour la suite. J'ai reçu en retour une réponse de sa part me proposant de partager un café. Surprise mais curieuse, j'avais accepté. Et l'étonnement en la découvrant en « civil » fut pour le moins marquant. J'avais quitté Valérie Loiseau, psychologue, toujours habillée de façon classique, impliquée dans son travail mais sans débordement, et je découvrais Val', un personnage brut de décoiffage, familier et vêtu d'un large t-shirt à l'effigie des Led Zeppelin. Ce jour-là, dans le bar où je l'ai rejointe, si elle ne s'était pas levée de sa chaise pour m'interpeller, je serais passée devant sans la reconnaître. Depuis, nous nous sommes rapprochées et j'ai suivi son virage de vie à 180. C'est d'ailleurs le même virage à 180 que je prends quand je la vois surgir comme une furie au détour d'un arbre, les yeux exorbités, une pelle à la main ! Je tourne le volant pour éviter de lui rentrer dedans et finis par piler sec !

— Ah la connasse ! La connasse, la connasse !

Inutile d'avoir les fenêtres ouvertes pour entendre distinctement les doux mots vociférés par Val'.

Waouh ! Je ne suis pas encore arrivée que mon palpitant est déjà à son maximum. Je prends quelques instants pour récupérer mes esprits, et sors ensuite de la voiture pour vérifier que Paul – le laurier-rose – n'a pas été trop endommagé suite à ma manœuvre. Oui, Valérie donne des noms à ses plantes. Quelques feuilles ont fait les frais de mon dérapage mais il s'en sortira. De toute façon, c'était elle ou lui (ou moi). Et alors que je me félicite d'avoir eu suffisamment de réflexes pour préserver l'intégrité physique de l'humaine autant que du végétal, j'aperçois mon amie se remettre à courir en trombe au milieu de son grand jardin, toujours armée de sa pelle.

— Je t'ai vue ! Je vais te défoncer ! Tu vas voir qui de nous deux est la plus forte ! Je vais te défoooonceer ! Tu peux te planquer mais je suis encore plus têtue que toi ! Je te traquerai jour et nuit s'il le faut !

Je l'observe avec une petite angoisse naissante. J'ai beau côtoyer cette personne depuis un moment, si l'on y réfléchit, une séance par semaine durant deux ans, ça ne fait que quatre-vingt-seize heures… Soit quatre jours ! Si on ajoute les fois où nous nous sommes vues en dehors du cabinet, d'un point de vue calendaire, j'arrondirais notre relation à dix jours. C'est finalement assez peu pour repérer un tueur en série.

— Camille, viens ! Sinon je vais en égorger une à main nue !

Tiens, voilà une manière plutôt curieuse de m'inciter à la rejoindre. Pour une psychologue supposée connaître les rouages de l'esprit, utiliser dans une même phrase les mots « égorger » et « viens » est assez peu efficace. J'ai envie de tout sauf de l'approcher.

— Je te jure ! Cette taupe va me rendre folle !

Ah, ouf ! On parle d'une taupe, pas d'un être humain. Encore que tous les *serial killers* ont commencé par s'en prendre aux animaux…

Je finis par aller à sa rencontre. Au milieu de ce qu'elle appelle son parc (Valérie s'est attelée à faire pousser du gazon et à planter de nombreux arbres sur son immense parcelle entourée de terre), ma confidente semble dépitée.

— Regarde ça, me dit-elle tout en me claquant une bise qui s'apparente davantage à un coup de tête. Regarde tous ces trous !

Je m'exécute et constate en effet que le beau gazon est parsemé de mottes de terre retournées.

— Depuis des jours, cette saleté s'amuse à bousiller tout mon jardin ! Y a des forêts à perte de vue tout autour, mais non ! Cette saloperie préfère déglinguer mon magnifique terrain. C'est vraiment une belle pourriture, celle-là !

— Peut-être qu'elle vient ici pour écouter ton langage si poétique et raffiné.

Valérie me lance un regard de buffle prêt à en découdre et je me rappelle qu'elle se sert de ses outils de jardin comme des armes de destruction massive…

Je l'observe sans cligner des yeux.

— Oh la petite vermine ! reprend-elle. Regarde-la, elle recommence à faire des trous !

Sur le point de se remettre à courir en direction du rongeur, je lui saisis le bras à temps pour l'arrêter.

— Hop, hop, hop… Calme-toi, reste avec moi…

— Tu as vu que cette enflure me nargue en plus ! Elle fait ça tout le temps ! Je la vois apparaître, je la vois creuser mais dès que je m'avance vers elle, elle disparaît, cette garce !

— Ça a beau n'être qu'une taupe, la probabilité qu'elle accepte de se faire écrabouiller la tête bien docilement reste tout de même assez mince…

À ces mots, j'ai un petit mouvement de recul. Un coup de pelle perdu est vite arrivé.

— Et si on allait plutôt boire un petit thé glacé ? proposé-je. Ou même une tisane pour toi… La théine reste un excitant et tu sembles déjà bien remontée… Viens, ça va te faire du bien, lui fais-je tout en la déportant délicatement en direction de la maison et surtout loin de la pauvre petite taupe.

* * *

— Je n'ai plus que quatre mois avant la cérémonie, tout doit être parfait, tu comprends ?! C'est déjà assez tendu, si en plus tu as un rat qui s'en mêle, là c'est la grosse merde… Quelle heure il est ? 15 h 30 ! Eh bah voilà, le traiteur n'a pas appelé ! Ce n'est quand même pas compliqué, un coup de bigo ! Oh non… Attends. Si ça se trouve, c'est la connexion wifi qui déconne encore. Bordel, faut que je vérifie ça, je reviens…

Inspire, expire, Camille… Ton amie est stressée mais c'est apparemment le lot de beaucoup de femmes avant un mariage. Et dans le cas de Valérie, qui a décidé de s'occuper de tout de A à Z (et encore plus si l'alphabet comportait davantage de lettres), il est vrai qu'il y a de quoi perdre la tête.

Pendant que j'entends au loin des bribes de conversations téléphoniques, je fais un petit tour du propriétaire. Depuis le mois dernier, Valérie a bien avancé dans ses travaux. À la signature d'achat il y a un an, cette bâtisse située dans un hameau du Loiret ressemblait davantage à une écurie laissée à l'abandon. Aujourd'hui, les poutres apparentes sont mises en valeur, dans le salon un pan de mur en pierres claires a pu être conservé et le choix de la cuisinière à bois donne envie de mijoter de bons petits ragoûts. Enfin ça, ce sera pour le jour où Valérie apprendra à se servir d'une casserole et d'un fouet. Elle semble avoir hérité des mêmes talents de cuisinière que moi… Et malgré un livre intitulé *Les Plats traditionnels français* trônant sur la table à manger, les taches sur la porte du micro-ondes démontrent que les cours avec Cyril Lignac ne sont pas encore au programme. Mais où trouverait-elle le temps ? Valérie s'est improvisée maçon, paysagiste et organisatrice de mariage (le sien) en quelques mois seulement. Cette femme, qui a passé les vingt-cinq dernières années de sa vie à écouter les problèmes des autres et à les accompagner dans leur reconstruction, a un jour décidé de dire stop (ou plutôt de « tout envoyer chier », si l'on veut rester fidèle au champ lexical utilisé), pour enfin vivre en accord avec elle-même. Sa rencontre avec Sandra, une Brésilienne rencontrée lors de vacances passées à Rio, a bouleversé son existence… Ou, comme elle le dit elle-même, l'a enfin alignée. Alors après plusieurs allers-retours au pays de la samba, les deux femmes ont décidé d'officialiser légalement leur union et dans quelques mois, le prolongement de cet engagement aura lieu en France.

— Bon… Je ne sais pas ce qu'on va bouffer ! lance Valérie en revenant s'asseoir dans la cuisine avec l'énergie de quelqu'un prêt à cogner.

Elle me fixe du regard et quelque peu apeurée, je m'apprête à lui proposer de nous faire des coquillettes avant de comprendre.

— Le traiteur censé s'occuper de la partie brésilienne vient de me dire que ça risque d'être compliqué. Apparemment, y a eu un micmac dans la gestion du calendrier et ils ont déjà un évènement ce jour-là ! Il voit s'il peut faire quelque chose avec ses équipes mais rien n'est garanti… C'est la merde !

— Mais tu as déjà un traiteur, non ?

— Oui, pour la bouffe française ! Mais j'ai promis à Sandra qu'on ferait un mix entre ses racines et les miennes ! Le thème, c'est franco-brésilien, pas franco-franchouillard… Pfff… Ils me font suer, ceux-là !

— En tout cas, tu as encore bien avancé dans tes travaux, fais-je pour l'aider à changer d'état d'esprit. C'est super joli… Ce sera un cadre génial pour ton mariage…

— C'est loin d'être fini mais oui, ça commence à avoir de la gueule ! En revanche, faut que j'accélère la cadence pour la salle à manger… Je dois casser un mur, autrement la pièce ne sera pas assez grande pour en faire la salle de réception que j'imagine… Tu me diras, ce n'est pas comme si j'allais accueillir une foule d'invités non plus…

— Ta famille ne t'a toujours pas répondu ? me risqué-je à demander.

— J'ai un cousin qui sera là… Et ma sœur m'a dit qu'elle réfléchissait encore… Par contre, toujours pas de nouvelles de mes parents.

Valérie balaye ses pieds du regard. Un silence lourd de sens se fait ressentir. Les psys ont beau être psy, ils n'en restent pas moins des êtres humains avec des émotions et des blessures à gérer. De ce qu'elle m'en a dit, l'annonce de son orientation sexuelle a déclenché un véritable séisme. Valérie est issue de ce qu'on appelle « une bonne famille », très traditionaliste. Le fait que leur fille puisse aimer les femmes s'est révélé la pire nouvelle d'une vie. Cette seule raison a conduit à un arrêt brutal de communication. Et à leur choix de tourner le dos à leur enfant. Quand je pense que ma mère est capable de rouler en pleine nuit des heures durant pour m'apporter du sirop si elle m'entend tousser...

Je suis en train de respecter le temps de silence dont Valérie a apparemment besoin, quand tout à coup, elle reprend du poil de la bête et se relève en tapant de ses deux de mains sur la table.

— Bon, on ne va pas chouiner pour autant ! J'ai quarante-six balais et j'ai passé une vie à écouter papa et maman, et à faire ce qui leur faisait plaisir ! Si aujourd'hui, ils ne veulent pas accepter leur fille pour ce qu'elle est, c'est eux qui partiront de ce monde avec des regrets, pas moi !

— Il reste encore quelques mois, ils changeront peut-être d'avis...

— Je ne compte plus sur eux...

J'hésite à lui évoquer mon souci d'expulsion qui coïncide avec le mois de son mariage mais, de toute évidence, le moment est mal choisi.

— Bon ! Tu es prête à te relever les manches ? On a de la peinture qui nous attend !

Et si, finalement, j'essayais de m'épancher un peu...

— Je suis là pour ça, assuré-je en essayant désespérément de m'insuffler de la motivation.

Je talonne Valérie jusque dans la salle à manger. Pots de peinture, rouleaux, combinaisons de protection, tout est prêt. Nous nous apprêtons à démarrer le travail quand la sensation de me prendre une décharge électrique me transperce. Mes cheveux se dressent littéralement sur la tête. Val' vient d'envoyer sa playlist sur une enceinte. Iron Maiden à fond ! Désormais, l'expression « ça décoiffe » n'a plus de secret pour moi.

Je ne suis pas nostalgique de ma période dépression et consultation psy, mais là, à cet instant précis, je regrette juste un peu le délicat chant des vagues qu'elle diffusait dans son cabinet…

9

12 h 43. J'ai envoyé mon montage vidéo à la maman qui voulait immortaliser le baptême de son fils, quelques semaines plus tôt. « Cela m'a émue aux larmes », m'a-t-elle dit au téléphone, après visionnage. J'en suis ravie.

13 h 36. Je n'ai rien fait de plus que remettre des trombones dans leur boîte, de la manière la plus parallèle possible. J'ai beau trouver la ressource de m'activer pour les autres, dès que j'ai du temps pour moi, je tourne en rond sans rien faire de concret. Je suis sclérosée.

Depuis que je sais que je dois quitter les lieux dans quelques mois, j'ai l'impression d'être dans le couloir de la mort. J'attends mon heure sans rien pouvoir y faire.

Je finis par me rendre dans la chambre et j'ouvre la penderie pour contempler une énième fois ma garde-robe. Cet appartement avait un atout formidable, un immense dressing intégré. J'observe tous ces vêtements dont la moitié n'a vu la lumière du jour qu'une fois par an. Combien de fois me suis-je promis de les trier et de les offrir aux associations, sans jamais le faire. Eh bien, je crois que le moment est venu. Quand je pense que ma « charité » ne va se matérialiser qu'en raison de futurs mètres carrés manquants... J'ai honte. Il aura fallu une obligation pour que je sois dans le don. Dommage qu'il n'y ait pas un plafond maximal sur les comptes bancaires. On verrait alors les ultra-riches dans l'obligation de se délester un peu de leur argent, faute de place suffisante pour accueillir toute leur fortune.

Je passe machinalement en revue mes cintres quand mon regard se pose sur elle : la boîte. Celle qui est au fond du placard et que j'ai ouverte maintes et maintes fois. Le plus souvent pour sentir son odeur. Celle de son t-shirt. Je l'ai humé jusqu'à en avoir la tête qui tourne. Puis progressivement, l'odeur s'est dissipée pour finalement disparaître. À l'intérieur, j'y ai conservé quelques photos faites au polaroïd, ses petits mots, sa montre et d'autres objets dont je n'ai pas su me défaire. Plus de deux ans que je ne l'avais pas ouverte.

— Ewen... Qu'est-ce que je vais devenir ?

Durant la première année, je n'ai cessé de lui parler. Tous les jours. Pour tout et n'importe quoi. Je l'informais du choix du film que j'allais regarder, mais que je ne finissais jamais par manque de concentration. De la musique que j'allais écouter ou du plat que j'allais manger, comme si j'attendais son approbation... Est-ce qu'il aurait aimé ? Est-ce qu'il aurait été d'accord ? Cela me réconfortait. Puis, à l'instar de son odeur, mes monologues ont commencé à se faire moins nombreux, à se raréfier, jusqu'à progressivement disparaître, faute de réponse.

— Tu te rends compte, je vais devoir quitter notre chez-nous ? Après tout ce qu'on a fait pour y être bien, tout ce qu'on a partagé ici… Pfff !

Alors que je sais très bien que je n'ai pas à espérer de réponse, je persiste.

— J'espère que là où tu es, tu te sens bien. Je t'imagine sur un petit hamac fait en fibres de nuage, en train de siroter un jus de pomme-orange fraîchement pressé. Au moins toi, tu n'as pas à te soucier du logement. Ou alors est-ce que là-haut, on vous oblige aussi à payer un loyer ? Oh si c'est ça, ça ne peut pas être plus cher qu'à Paris de toute façon ! Je n'imagine pas Dieu en promoteur immobilier véreux…

Je me surprends à plaisanter avec Ewen. L'une des choses qu'il appréciait le plus chez moi était ma fantaisie. C'est ce qu'il disait. Je l'amusais. La plupart du temps malgré moi. Mais grâce à son rire et au bonheur que cela me procurait, j'en étais presque venue à apprécier ma maladresse et mes élucubrations mentales. Je souris. Puis un voile un peu plus sombre se dépose dans mon esprit.

— Pourquoi tu ne m'as jamais répondu ? Hein ?

Dans le silence de la chambre, j'espère. Encore une fois. J'attends. Un petit bruit, un frémissement… mais rien. Je me relève alors.

— J'imagine que c'est sûrement parce que tu prépares à tout le paradis les meilleurs smoothies qu'ils aient jamais goûtés. C'est ça d'être talentueux dans son domaine, les gens vous réclament et on finit par ne plus avoir une minute à soi.

Alors que je m'apprête à quitter la pièce, un son attire mon attention. Comme un petit claquement. Mon cœur bondit aussitôt.

— Ewen, c'est toi ?

Le claquement se fait entendre de nouveau. Mes mains se mettent à trembler. Je suis exaltée autant que je panique.

— OK, je sais, je suis probablement folle mais ça, ce n'est plus un mystère pour personne… Donc si c'est toi qui te manifestes, frappe trois coups.

Je tends l'oreille puis le claquement se fait de nouveau entendre.

— Oh mon Ewen, je n'arrive pas à y croire ! Tu me réponds enfin, c'est merveilleux… Mais si tu pouvais le faire trois fois d'affilée, ce serait vraiment génial. Tu sais que j'ai une petite obsession avec les rythmes ternaires.

Une fois de plus, le même son me provient, sans pour autant répondre à ma requête des trois coups. J'en viendrais presque à ressentir une pointe de contrariété avant de me reprendre.

— Bon, tu as raison. J'abuse… Tu t'es manifesté, c'est tellement formidable. Merci. Merci d'être là avec moi, dans ce moment… Depuis ton départ, je me sens seule et ma boussole interne est cassée, tu sais… J'ai peur de me relancer dans la vie. Sans toi pour m'indiquer le bon chemin, je vais nécessairement choisir des impasses, rentrer dans des murs. Alors, je prends le moins de risques possible, pourtant il faut que je t'avoue que…

Je me sens confuse, honteuse à l'idée de verbaliser à voix haute ce que je m'apprête à dire.

— Je crois que j'ai envie… J'ai envie d'un nouveau souffle, mais j'ai si peur… Tu comprends ?

Le claquement réitère plusieurs fois d'affilée.

— Ça veut dire oui ?

Plus aucun bruit ne se fait entendre. Je m'interroge.

— Ça veut dire non ?

Un claquement.

— Attends, je suis perdue là… Tu ne comprends pas que j'aie envie de reprendre goût à la vie mais que j'aie des inquiétudes ? Ou alors tu ne comprends pas que j'aie envie de reprendre goût à la vie, point ?

Je laisse passer un moment. Les claquements s'accélèrent et se font de plus en plus bruyants. Je suis décontenancée.

— Je suis désolée, Ewen. Est-ce que tu m'en veux ? Est-ce que j'ai fait quelque chose de mal ? Je t'assure que si j'avais pu changer le cours des choses, j'aurais donné ma vie pour qu'on épargne la tienne. Je m'excuse si je viens de te blesser.

Je prends presque peur. Puis mon regard se porte sur la fenêtre et je finis par comprendre d'où provient – en réalité – ma prétendue connexion spirituelle… Une mouche à merde ! Une énorme mouche à merde est là, à se cogner la tête dans la vitre de la fenêtre de ma chambre. Voilà ! Je viens donc de me confier de toute mon âme à un insecte qui raffole de fumier ! Et un insecte idiot par-dessus le marché ! Après tant d'essais, il n'est même pas fichu de réaliser qu'on ne peut pas pénétrer la matière.

À tout bien y réfléchir, de nous deux, je ne sais pas qui est le plus stupide. Dans le fond, je crois que la balance penche tout de même du côté de la blonde aux cuisses potelées. Quelle naïve je fais d'avoir cru communiquer avec mon compagnon décédé. Il est évident que pour me remettre de ce moment absurde, le pot de crème glacée sera mon meilleur allié.

Je m'active à remettre les affaires d'Ewen dans son carton. Je connais son contenu par cœur, pourtant ce que je vois m'arrête. Une vague de frissons me traverse. Son carnet. Celui qu'il possédait depuis si longtemps, que j'ai toujours connu et dans lequel il griffonnait de temps à autre. Sur la couverture du petit cahier couleur caramel, en relief doré, figure un imprimé : une mouche. En prendre conscience à cet instant me fait reconsidérer l'intervention de madame l'acharnée, qui continue de tambouriner à mon carreau. Serait-ce un signe ?

Ce carnet, je ne l'ai jamais ouvert. Ni de son vivant, ni après. Par respect. C'était celui d'Ewen. Et même si parfois, à le voir trôner négligemment sur la table, une envie de fouiner pouvait me prendre, je me suis toujours gardé d'en lire le contenu. Mais aujourd'hui, quelque chose me dit que j'y suis autorisée. J'ouvre alors fébrilement le petit cahier. La première chose que je découvre, c'est qu'il y a sept ans, Ewen avait rendez-vous chez le dentiste, et à en croire sa liste de courses, il manquait également de sucre, de bière et de papier toilette. Je tourne la page. Quelques carrés et des hexagones gribouillés machinalement, probablement au cours de ses conversations téléphoniques. Je souris. Rien de transcendant. Pour autant, si je n'ai pas communiqué spirituellement avec l'homme que j'ai aimé, cet épisode de l'insecte burlesque aura au moins eu le mérite de me replonger dans son écriture. Je tourne une dernière fois les pages du carnet, prête à le ranger pour de bon, quand de nouveau, une décharge me parcourt le corps. Décidément, je devrais tenter d'allumer les ampoules par simple apposition des mains, je ferais peut-être des économies d'électricité. Je relève une simple phrase écrite, pourtant j'ai la conviction que l'on souhaite me faire passer un message : « Le moment présent est la piste désignée à tout nouveau départ. » Cette fois, c'est la bonne. Je me répands en larmes.

— Qu'est-ce que ça veut dire ? Hein, Ewen ? Dis-moi ce que je dois comprendre ?

J'attends. Plus un bruit. La mouche s'est résignée à abandonner son vain projet, et moi, je ne suis plus qu'une tragédienne jouant son dernier acte dramatique.

— Je ne sais pas quoi faire. Qu'est-ce que je dois faire ?! hurlé-je les yeux noyés de larmes.

Je prends presque plaisir à m'épancher, quand un coup sec vient aussitôt arrêter mes lamentations. Aïe !!! Un vieux réveil oublié en haut de la penderie s'est écrasé sur mon crâne, déposant avec lui ce qu'il faut de poussière pour me rappeler que le ménage n'a jamais été mon fort.

— Hey, mais ça fait mal, ça ! fais-je en me massant la tête. OK, j'ai compris le message ! Je dois me réveiller. Mais inutile de me violenter de la sorte…

C'est faux ! J'ai parfois besoin que l'on secoue la *drama queen* qui est en moi.

— En tout cas, ce que je viens de subir mérite une double portion de glace vanille-macadamia… Et ça, Ewen, à moins que tu aies la capacité de verrouiller la porte du congélateur, tu ne pourras pas m'en empêcher… fais-je fièrement avant de quitter la pièce.

Je sors, puis je m'arrête en plein milieu du couloir, ébranlée par un odieux doute.

Attends, Camille… Tu viens sérieusement de croire que tu as reçu des messages de l'au-delà ? C'est n'importe quoi, ma pauvre fille… N'importe quoi…

10

Envie numéro 1 : Repeindre la commode. Check.
Envie numéro 2 : Faire une cure d'oranges et de citrons. Check.

Envie numéro 3 : Jouer à la touriste dans la capitale. En cours…

J'ai tenté de me raisonner… Et même de me projeter dans un nouvel avenir qui me semble aussi solide qu'une crème Danette. Mais force est de reconnaître que l'épisode du carnet n'a cessé de me hanter et qu'il a eu un drôle d'impact sur les jours qui ont suivi. Après avoir repris ma routine de travail et senti la boule de stress revenir au fond de mon ventre chaque matin, un réveil nocturne m'a révélé de nouvelles choses sur les écrits d'Ewen. Et à la manière d'un coach super efficace (et beaucoup moins cher), ce que j'y ai trouvé m'a permis de me (re)booster… Le hic ? La tête de Maddy, qui, après lui avoir confié mes découvertes, me dévisage bouche ouverte depuis un moment si long qu'un insecte pourrait considérer qu'il s'agit là d'une invitation.

— Tu me dis qu'Ewen s'est réincarné en mouche pour te faire passer un message, c'est ça ?!

Après mes trente minutes de narration, ce résumé plus que simpliste m'afflige.

— Alors, pas exactement… Mais disons que la coïncidence est grande, non ? Je demande un signe et j'en reçois un…

— Eh bien, peut-être que c'en est un alors…

Mon amie m'accorde un sourire empreint de douceur, et bien qu'elle ait fini sa phrase, dans son regard, je réussis pourtant à lire un dernier « Si ça peut t'aider », puis elle change de sujet.

— Et sinon, tu as des pistes pour ta future nouvelle adresse ?

J'arbore une moue de confiture périmée. Quelle est donc cette manie qu'ont les gens d'infliger ce genre de questions ? Pourquoi tant de pragmatisme chez ma meilleure amie ? *Parce que tu en manques assez souvent Camille…* Ah, voilà pourquoi… Merci cerveau !

— Tu sais que, si tu ne trouves pas où te loger, tu es la bienvenue chez nous… enchaîne-t-elle.

— Merci Maddy. Mais toi comme moi savons que je n'ai plus l'âge de squatter le sofa des gens… Et vu mon état larvaire, une fois allongée dedans, je risque de fusionner avec la matière. Pour vous débarrasser de moi, vous devrez aussi jeter votre canapé !

— Qu'est-ce que tu envisages alors ?

— Je ne sais pas… Mais si je continue comme ça, la veille de mon déménagement tu me retrouveras comme une vieille chipolata oubliée dans le fond d'un barbecue. Je ne serai plus qu'un morceau de viande potelée et rabougrie à la fois ! Alors étant donné que je suis un peu abattue par ce qui m'arrive et que je n'ai plus d'envies personnelles, je me disais que je pouvais peut-être honorer celles d'Ewen…

— C'est-à-dire ?

— Eh bien, c'est là que le carnet finit de prendre tout son sens… Regarde.

Je lui tends le cahier, Maddy se met à lire.

— « Récupérer la boîte à outils de papa, acheter des piles A4… »

— Ah oui, non, pas ça… Encore que, pour ma télécommande, les piles ne seraient pas du luxe. Les miennes sont HS. Deux semaines que je n'ai pas d'autres choix que de regarder la chaîne voyage sur le câble. J'aime bien hein, mais ça fait quand même trois fois que je me tape le même documentaire sur la beauté des paysages en Camargue… Bref, ce n'est pas ça que je voulais te montrer. Lis plus bas.

— « Boire un petit noir devant le Sacré-Cœur » ?

— Oui ! Exactement.

— C'est pour ça qu'on est ici et que tu bois un expresso alors que tu n'aimes pas ça ? fais Maddy en riant.

— Tout à fait, avoué-je tout en ingurgitant péniblement une gorgée de liquide âcre et corsé. Il y a un mois, quand je suis tombée sur le carnet, je me suis réveillée quelques jours plus tard dans la nuit, et j'ai senti qu'il fallait que je me replonge dedans… Et aussi que j'aille faire pipi, mais ça, c'est un détail assez peu marquant pour la suite de mon récit… Et c'est là que j'ai découvert qu'au milieu de notes banales, Ewen a noté un genre de liste de ses envies. Cependant, je le pensais plus organisé que ça, il y a des choses écrites de tous les côtés, de manière anarchique… On dirait un marché aux puces. Avant de trouver quelques pépites, il faut fouiller… Mais tu vois, cette idée de venir boire un café, ici précisément, n'est pas nouvelle. On s'était toujours dit qu'il faudrait prendre le temps de jouer aux touristes à Paris, et on ne l'a jamais fait. Alors… me voilà.

— C'est donc cette trouvaille qui explique ton changement d'énergie depuis quelque temps ? C'est vrai que je te sens plus… active.

— J'ai enfin repeint la commode de la chambre… l'informé-je noblement.

— Oh waouh… D'accord… répond-elle sur un ton indéfini.

— Tu penses que c'est ridicule ?

— Non, je pense que toute chose qui redonne de l'enthousiasme est positive. Et en effet, je te trouve beaucoup plus rayonnante…

C'est vrai. Je ne me souvenais plus de cette excitation…

— Il y a trois jours par exemple, j'ai suivi sa liste de courses. Principalement que des fruits. Et c'est là que j'ai réalisé qu'Ewen m'avait peut-être sauvée d'un scorbut imminent. Je n'avais plus mangé de fruits depuis une éternité.

— C'est sûr que la glace *strawberry* n'est pas ce qui se fait de mieux en matière de vitamines…

— Ça dépend ! Selon la marque, il y a parfois de vrais morceaux de fraise dedans, rétorqué-je du tac au tac, comme si je tenais là un argument valable.

— Bien… Dans ce cas, est-ce que tu connais déjà tes prochaines missions, miss James Bond Girl ?

— Alors, pas toutes, non. Je me suis réfrénée pour ne pas tout lire d'un coup. Et me connaissant, je te laisse imaginer à quel point j'ai pris sur moi ! Mais j'adore l'idée de découvrir ses envies, petit à petit… Une nouvelle à chaque fois… Et ce matin, j'ai découvert la prochaine… Tourne la page.

Maddy s'exécute et ses yeux s'arrondissent autant que sa bouche.

— Ma patate… Tu ne vas tout de même pas faire ça… ?

— Ça a le mérite de me sortir de ma zone de confort, fais-je en essayant de me convaincre.

— Camille, là, tu ne sors pas de ta zone de confort, tu te catapultes carrément dans la stratosphère…

— Un peu oui…

— Tu es vraiment décidée ?

— Eh bah… Je me suis engagée… C'est important de respecter ses engagements, non ?

— Si tu le dis…

J'avale une gorgée de café et mon corps se crispe. La faute à l'amertume du breuvage ou à la projection mentale du moment à venir ? Probablement un peu des deux.

— Est-ce que je vous ressers quelque chose ? Un autre expresso peut-être ?

L'intervention du serveur interrompt le fil de mes pensées mais me confirme désormais une certitude : plus jamais de petit noir. Moi qui ne jure que par le jus de chaussettes, je viens d'avoir un haut-le-cœur à l'idée d'en ingurgiter un deuxième.

— Plutôt une menthe à l'eau, s'il vous plaît… dis-je au serveur. Je crois que j'ai suffisamment honoré l'envie d'Ewen là, ma bouche s'en souviendra, fais-je en vidant mon verre d'eau, tout en décochant un clin d'œil à Maddy.

Mon amie sourit. Je porte alors mon regard sur le Sacré-Cœur et le mien (de cœur) tambourine aussi fort que les cloches de la basilique qui viennent de se mettre à sonner…

Bon sang, Camille, qu'est-ce que tu t'apprêtes à faire… ?

11

Envie numéro 4 : Pire envie de l'univers. Sur le point de renoncer.

— Non, non, non, je veux plus, je veux plus, je veux plus !

— Eh bien, vous ne le faites pas et *bast* ! On vous décroche une bonne fois pour toutes et on n'en parle plus !

— Si, si, si, je veux le faire, je veux le faire !

— Bon, écoutez jeune fille, on ne va pas y passer la nuit ! Ça fait un quart d'heure que vous dites oui-non, oui-non ! Vous n'êtes pas toute seule là, les autres attendent.

— Je sais ! Laissez-moi juste quelques secondes encore… S'il vous plaît.

Fébrile, au-dessus du vide, ma vie défile devant moi. Pourquoi ? Pourquoi dans sa liste d'envies Ewen a inscrit « sauter à l'élastique » ?! Je sais qu'il aimait les sports à sensation mais pourquoi ne pas avoir opté pour du canoé-kayak ? Selon le courant, c'est une activité qui peut s'avérer forte en adrénaline…

Nom d'un paon déplumé ! Quel plaisir peut-on trouver à se mettre en danger de la sorte ? Notre corps le sait d'ailleurs, il nous met en garde. Il a bien conscience que la normalité, c'est d'avoir les pieds vissés au sol. Voilà pourquoi il est actuellement en train de m'informer du pire choix de ma vie en transformant mes jambes en *jelly*...

Avant de venir, je me suis renseignée. Le saut à l'élastique aurait été inventé en s'inspirant de rites de certaines tribus des îles du Pacifique qui font des sauts de vingt-cinq mètres attachés à une liane ! Des Tarzan en puissance. Mais des vrais. Pas en dessins animés. Il existe donc des êtres humains constitués de chair et d'os, dépourvus d'ailes et de baudrier, qui, un jour, ont estimé que l'un de leurs moyens de locomotion serait le saut de branche en branche... Quand je pense que je demande de l'aide rien que pour monter à l'échelle...

— Alors ?! On le fait ?

Je regarde l'instructeur et son impatience mêlée à l'agacement ne fait qu'augmenter mon stress. Je porte mon regard vers l'horizon et ressens ma respiration haletante. Je pense à faire demi-tour et à décevoir mon grand amour qui, au passage, ne m'a rien demandé... Finalement, en y réfléchissant, la seule personne que je vais décevoir, c'est moi-même. Mais c'est OK. Après tout, je peux m'en accommoder. Je n'ai jamais réussi à aller plus de trois fois à la salle de sport, ni à suivre un régime plus d'une journée. Et je fais partie de ces personnes qui promettent de ne plus boire d'alcool les lendemains de fêtes nauséeux, tout en acceptant un nouvel apéro le soir même. J'ai appris à vivre avec ma mésestime. Je vais donc rentrer chez moi, pester sur mon manque de bravoure, manger pour me réconforter, probablement m'endormir sur le canapé… Puis j'oublierai progressivement cet échec.

De plus, parlons de choses sérieuses ! Ce look ne me va absolument pas. Un casque rouge et un baudrier avec des bretelles bleues… Quelle abomination. Je me fais l'effet d'être Toad, le champignon humanoïde dans *Mario Kart*… Ridicule. Tout ça n'est pas pour moi !

D'un autre côté, je me dis que peut-être faire ce saut est une métaphore de ma décision naissante. Sauter dans le vide, sans savoir ce qui m'attend, mais se lancer…

C'est ça ! Tout à coup, je me sens galvanisée. Est-ce l'adrénaline qui me fait délirer ou mon déclic qui me permet d'envisager les choses autrement ? Mais une force s'empare de moi. L'inconnu, la prise de risque, le renouveau, tout ça est symbolisé ici et maintenant, à travers cet instant précis où je m'apprête à me jeter du haut d'un pont de douze mètres de haut.

On y est. Je vais le faire. Je dois le faire. Dans ma tête, comme souvent, une musique épique se lance. Je n'en suis plus certaine, mais je crois qu'il s'agit de *The Medallion Calls* de *Pirates des Caraïbes.* Alors, des phrases romanesques me viennent à l'esprit ! *Pour toi Ewen, pour moi, prête pour un nouveau départ !* Je tourne mon regard vers l'instructeur afin qu'il puisse prendre conscience de la nouvelle lueur dans mes yeux. De toute évidence, l'éclat de mes prunelles ne doit pas se ressentir tant que ça. Je fais face à l'un des visages les plus désabusés qu'il m'ait été donné de voir. Mais qu'importe ! Ce moment, je vais l'expérimenter comme il se doit. C'est le point de départ vers ma nouvelle destinée. Un instant sacré, précieux ! Je m'apprête à prononcer solennellement et à haute voix mes vœux, quand j'observe de sa part un léger mouvement de tête en direction de son collègue.

— Allez, c'est bon là ! fait l'instructeur, las.

À ces mots, je panique.

— C'est bon, de quoi ?

Je n'ai pas le temps de réagir davantage que je sens la pression d'une main dans mon dos et me vois basculer dans le vide :

— Naaannn !!! Aaaaaaaahhhhhhhhhhhhhhh ! Bordeeeeel de têêêête à quuuuueeeeuuue !!!

* * *

Après quelques minutes pour reprendre mon souffle et mes esprits post-chute, j'embrasse le chemin pentu qui me mène jusqu'en haut du pont, mais surtout jusqu'à mon bourreau. Tout en forçant sur mes jambes pour qu'elles continuent de me porter, je peste. Fort. Très fort ! Comment a-t-il pu oser ? Comment ?!

Malgré mon état passablement énervé, j'attends que les trois autres personnes venues s'essayer à la chute aient fini leur saut, avant de moi-même sauter à la gorge de l'instructeur. Maintenant que tout le monde a assouvi son désir de se prendre pour un albatros, je suis bien décidée à faire comprendre à cet individu de quel bois je me chauffe !

— Vous réalisez ce que vous m'avez fait ?! beuglé-je à mon tyran en me plantant devant lui.

J'attends une réponse mais le fait qu'il m'ignore totalement et se met à ranger son matériel sans me porter attention me fait me racornir. Décidément, je fais preuve d'une impétuosité édifiante… Je ne sais pas de quel bois je me chauffe, mais c'est probablement de la bûchette ! Pour autant, je le relance en essayant de maîtriser ma voix qui a tendance à partir dans les aigus dans les moments de stress.

— Hey ! Je vous parle.

— Quoi ? Je vous ai aidée à faire ce pour quoi vous étiez venue… Vous devriez me remercier de vous avoir encouragée, finit-il par me répondre avec désinvolture.

— Encouragée ? Vous m'avez littéralement poussée dans le vide !

— Oui ! C'est le principe du saut à l'élastique.

— Mais vous avez gâché mon moment !

— Alors je récapitule : un pont, un élastique, un saut et pas la moindre égratignure à l'arrivée… Non, mademoiselle… La promesse a été respectée !

— Oui, mais ce que je veux dire, c'est que j'avais des choses à dire avant… J'avais un genre d'hommage à rendre, sur une musique… Dans ma tête, la musique, bien sûr… Mais n'empêche que…

— Vous vous êtes crue à une cérémonie de remise des prix ? me coupe-t-il.

— Évidemment que non ! Jamais je n'irai dans ce genre de rassemblement habillée en champignon de Paris, fais-je en pointant du doigt mon casque.

— Amanite tue-mouches ! Si vous voulez utiliser des images, employez au moins les bonnes références. Ce sont ces champignons-là qui ont un chapeau rouge…

Je me sens piquée au vif par sa réflexion mais une autre émotion prend instantanément le pas sur ma vexation : l'effervescence.

— Attendez, quoi ? Vous avez dit « amanite tue-mouches »…

— Oui, ils sont facilement reconnaissables pour le peu qu'on sorte un peu de sa ville, mademoiselle la citadine…

Je ne relève même pas sa remarque sur ma prétendue inculture champêtre.

— Non, mais le champignon n'a pas d'importance. Vous avez dit « mouche » ?! Mouche… ! Vous avez bien dit « mouche » !

Son expression ébaubie et son haussement de sourcils m'assurent une chose : les prochains participants au saut à l'élastique auront probablement un bilan psy à passer en amont.

Il est évident que, là où j'y vois un signe, mon interlocuteur ne peut en aucun cas saisir l'importance de ce que ce mot revêt pour moi. Je n'ai peut-être pas pu vivre mon moment avec le romanesque souhaité et, soyons honnête, mon saut a été aussi gracieux que le jet d'une pelure de banane moisie, mais cet individu pour le moins désagréable a évoqué l'insecte qui m'obsède actuellement… Et cela a un impact énorme sur ma bascule émotionnelle.

Je finis par retirer complètement mon équipement et récupère mon sac à main, prête à reprendre la route. C'est le moment que choisit monsieur Pète-sec pour m'accorder enfin un peu d'intérêt.

— Eh… ?! Sinon, à part ça, vous avez aimé ?

Je prends un temps… C'est vrai que, muée par mon mécontentement, je ne me suis même pas posé la question.

— Oui… La sensation en elle-même, j'ai apprécié. Mais comme je vous disais, c'est qu'avant de sauter, j'aurais voulu…

— Vous avez aimé ou pas ?! reprend-il de manière abrupte, sans me laisser finir.

Je m'arrête et je finis par sourire.

— À fond ! C'était incroyable. Je me suis sentie si légère et si… (je réfléchis) puissante !

Pour la première fois, j'entrevois une expression faciale amicale de la part de mon interlocuteur.

— Le tout, c'est de ne pas se poser trop de questions ou de reculer, sinon on laisse la peur prendre le dessus. Et la peur, elle n'aime pas qu'on expérimente de nouvelles choses… Elle n'aime pas le changement. C'est comme ça qu'on passe à côté d'expériences qui nous enrichissent…

J'entrouvre la bouche puis la referme, faute d'avoir quelque chose à ajouter.

Incroyable ! Moi qui pensais que cet homme était hermétique à la sensibilité, il vient de me dépeindre une allégorie de la vie que j'avais entrevue quelques minutes plus tôt à travers ce saut…

— Oui, vous avez raison… La peur n'aime pas le changement… fais-je pensive.

Je regagne enfin ma voiture, fière de moi. J'allume la radio et *Free* de Stevie Wonder se fait entendre. Mon sentiment de puissance est toujours présent :

> Libre comme une rivière
> Qui coule librement à travers l'infini
> Libre d'être sûr de qui je suis
> Et de qui je n'ai pas besoin d'être
> Libéré de tous mes soucis[1]

---

1. Stevie Wonder, *Free*, sur l'album *Characters*, Tamla Motown, 1987.

Free like the river
Flowing freely through infinity
Free to be sure of what I am
and who I need not be
Free from all worries

À force de rendez-vous chez ma psychologue, et de nombreuses heures passées aux toilettes à bouquiner, certaines littératures m'ont appris que cette tendance à sélectionner uniquement les informations qui confirment nos croyances préexistantes s'explique par de nombreux conditionnements comme les biais de confirmation.

N'empêche que, parfois, les textes des chansons que l'on écoute tombent vraiment à pic ! Un peu comme moi quand je saute à l'élastique… Un pic !

Mais qu'importent les explications scientifiques en cet instant. Mon biais de confirmation me procure du bonheur. Alors je l'accepte et le renforce même un peu…

Envie numéro 4 : ~~Pire envie de l'univers. Sur le point de renoncer.~~ Sauter à l'élastique. Check.

On l'a fait, Ewen… On l'a fait…

12

Envie numéro 5 : Concocter une nouvelle recette. Check. (Mais sans garantie de succès gustatif.)

— Nicolas ne devrait plus tarder, ses doigts d'ostéopathe vont peut-être réussir à te soulager un peu…

— Non, ça va, ne t'en fais pas. C'est un dîner entre amis ce soir, je ne vais pas faire travailler ton mari…

— Camille, tu marches le dos en équerre ! Au casting du *Bossu de Notre-Dame*, tu pourrais convaincre les producteurs de te donner le rôle.

— Arfff… Je reconnais que je ne m'attendais pas à avoir tant de contractures après mon saut à l'élastique ! Sur le coup, je me sentais si bien… Le moment était sensationnel… Je ne sais pas très bien quoi, mais je ressens que quelque chose s'est libéré…

— L'acide lactique dans les muscles ? enchaîne Maddy, moqueuse.

— Tu n'as pas honte de rire des gens qui souffrent ? Je t'assure, c'était à la fois terrorisant et en même temps une incroyable expérience.

— Et en parlant d'expérience, qu'est-ce que tu nous concoctes de bon ? me demande Maddy, le nez rivé sur ma cocotte.

— Risotto cannelle et noix de cajou…

— Non, j'ai dit qu'est-ce que tu nous concoctes « de bon » ?

— Maddy, allons ! Je ne suis pas chef étoilé mais tout de même… Je peux réussir une recette…

Mon amie n'a aucunement besoin de parler, son seul regard suffit. J'abdique.

— OK, Picard est mon meilleur ami depuis toujours. Mais Ewen voulait apparemment tester ce plat… Ainsi, j'honore sa liste d'envies et je vous en fais profiter.

En jetant de nouveau un coup d'œil à mon plat qui mijote, Maddy fronce si fort l'ensemble de son visage que je peux compter le nombre de plis que lui provoque cette expression.

— Considérons cette soirée comme l'occasion de nous retrouver, fais-je en arborant mon plus grand sourire.

— Ou de nous empoisonner…

Cette fois, j'assène une tape à mon amie. Mais à avoir trop brusquement redressé mon corps en kit, c'est moi qui souffre.

— Aïe, mon dos !

Au même instant, la sonnerie de la porte d'entrée retentit, je m'apprête à me diriger vers le couloir pour ouvrir, mais Maddy m'épargne cette épopée.

— Laisse, Quasimoda. J'y vais. Concentre-toi plutôt sur ta casserole. Je veux bien me risquer à manger de la mort-aux-rats, mais fais au moins en sorte qu'elle ne soit pas brûlée…

J'écarquille les yeux et ouvre grand la bouche, faussement outrée.

Tout en observant ma préparation culinaire, ou plutôt devrais-je dire ma mélasse, un doute m'habite. J'en viens à me demander si les envies ne sont pas comme les fantasmes : des projections qu'il n'est pas toujours bon de réaliser…

Une voix des plus sympathiques se fait alors entendre… Mon presque beau-frère. Nicolas.

— Hello…

Je m'apprête à le saluer quand je découvre qu'il vient à moi à reculons. Je le savais original mais de là à marcher en *moonwalk*, on n'arrête plus la fantaisie.

— Comment va notre Camille internationale ? me demande-t-il, le dos toujours tourné.

— Elle irait mieux si elle voyait le visage de son danseur-ostéopathe préféré, osé-je intriguée.

— Dans ce cas… Tu es prête ?

Nicolas se retourne à la façon d'un cow-boy et dégaine ses deux pouces. Je suis piquée d'un fou rire. Sur son t-shirt, je découvre un bonhomme allumette dessiné au feutre. La silhouette semble accrochée par le pied à un fil, et au bout de ce corps, une photo de moi en impression. Je ne me rappelle pas les circonstances de ce cliché, mais à en voir ma tête effarée, je ne vivais pas mon meilleur moment.

— C'est toi en train de faire le grand saut ! Tu apprécies l'hommage ?

— Si le rire que me provoque cette horreur esthétique ne réveillait pas autant de douleurs en des endroits insoupçonnés de mon corps, je pense que je pourrais dire oui…

— Tu as fait un truc de dingue, je me devais de graver ce souvenir. Et sois sereine, à la fin du dîner, cette œuvre d'art sera à toi. Je te la laisserai en cadeau…

— C'est trop d'attention…

— Bon. Par contre, il semble que tu sois revenue avec quelques petites séquelles… ? Laisse-moi voir ça…

Sans attendre mon consentement, Nicolas me manipule déjà avec beaucoup de sérieux. Il redevient alors le professionnel attentif, bien loin de l'image de doux dingue que son style vestimentaire pourrait laisser penser.

— Si je touche à cet endroit, tu as mal ?

— Hmmm… un peu.

— Et là ?

— Ouille ! Carrément…

— Et ici ?

— Hiiiii ! OUI !

— Bien. L'ensemble est plus ou moins verrouillé… Bonne nouvelle malgré tout, pas de lumbago à l'horizon. C'est probablement nerveux. On va te prescrire un décontractant… D'ailleurs, tu sais que le dos est une carte émotionnelle, lance-t-il tout en se lavant les mains.

— C'est-à-dire ?

— On dit que le haut du dos, c'est la lutte, le contrôle, on se protège pour ne plus souffrir. Le milieu du dos, ce sont les ruminations, la difficulté à y voir clair, à faire des choix. Et le bas du dos, les vieilles blessures, les angoisses, l'instabilité…

Je regarde Nicolas, sans dire un mot. Nom d'une bouilloire sifflante ! C'est peu de dire que je souffre du coccyx à la nuque ! Aucune parcelle de mon dos n'est épargnée. Moi qui croyais qu'en sautant du haut d'un pont, j'étais sortie de ma zone de confort, que je m'étais libérée, je découvre que cela a juste mis en exergue la masse de mes problématiques non résolues.

Moralité de l'histoire ? Restez confortablement assis dans votre canapé, vous vivrez aussi bien !

Nicolas a dû sentir que son petit laïus sur les maux du corps venait de me faire plonger dans les abysses de mon mental… Et Dieu, qu'ils sont profonds chez moi ! Pour me faire remonter à la surface, il tente alors de me lancer une bouée.

— Enfin, c'est ce qu'on dit, hein… Ce n'est absolument pas médical. Pas du tout validé scientifiquement…

Comme je réagis assez peu, encore préoccupée par mon diagnostic, Maddy reprend la tentative de sauvetage en m'envoyant un sous-marin.

— Bien sûr ! Ce n'est pas du tout fondé… Si tout s'expliquait aussi facilement… C'est davantage une croyance.

Nicolas surenchérit.

— Oui ! Oui, c'est même complètement ça.

Ils sont mignons à essayer de me secourir pour que je ne boive pas davantage la tasse…

— Vous avez raison… Ce n'est qu'une croyance… ajouté-je finalement, en essayant de me persuader par la même occasion.

— Exactement, poursuit Maddy. On ne va tout de même pas s'arrêter à ce genre de théories…

— Certainement pas, dis-je en plaisantant.

Non, on va davantage privilégier la piste de la mouche venue me transmettre les messages de mon compagnon décédé. Bien plus crédible et rationnelle. Car c'est de notoriété publique que je suis parfaitement pragmatique, absolument pas influençable et totalement saine d'esprit…

* * *

— Quelqu'un reprendra de la pizza ?

— Non, moi je suis repu, me répond Nicolas. Elle était très bonne d'ailleurs, merci Camille.

— Oh, une fromage-champignons surgelée, c'était le moins que je puisse offrir après mon horrible essai culinaire…

— Je ne dirais pas horrible… Peut-être juste un peu trop précurseur… L'association cannelle-herbes de Provence était audacieuse…

— Tu es sympa, Nicolas ! Mais soyons lucide, mon plat avait le goût d'un riz au lait mélangé à une vieille ratatouille régurgitée !

— Mais le vin, lui, était excellent… poursuit Maddy.

— Évidemment… Je ne me suis pas lancée dans sa confection…

— En parlant de ça d'ailleurs, finissez votre verre tranquillement, les filles… Moi je dois rentrer à la maison pour libérer la nounou. Maddy, tu m'appelles quand tu décolles ?

— Entendu. À tout à l'heure, mon amour…

— Bonne fin de soirée… Et promis, Camille, après une lessive, je te rapporte ce magnifique t-shirt… Il ira parfaitement avec ton risotto, il est d'aussi bon goût…

Sur un rire collectif, Nicolas quitte l'appartement et je me retrouve avec ma meilleure amie. Un moment de calme s'installe aussitôt. Mais rien de gênant. Nos silences sont aussi naturels que nos rires. Il s'agit d'un moment de douceur où l'on prend le temps de siroter notre verre.

Puis je me lève pour aller chercher le carnet d'Ewen.

— Bien… Le risotto à la cannelle, c'est fait… fais-je en relisant les mots de mon ancien petit ami. À coup sûr, s'il s'était mis aux fourneaux, le plat aurait été excellent…

— Tu as eu le mérite d'essayer…

— Certes… Et même si c'était raté, ça nous a au moins permis d'en rire…

— Et ça, c'est une de tes spécialités… Et puis, tu connais l'expression « un rire vaut un steak »…

— Va dire ça aux clients d'une boucherie… fais-je en plaisantant.

Je plonge en moi-même un moment avant de reprendre.

— C'est fou, Maddy, tu m'aurais vue aujourd'hui, j'étais si enthousiaste à l'idée de préparer ce repas. Malgré mes courbatures, je n'ai pas hésité à aller faire les courses, à passer du temps en cuisine… C'est comme si l'énergie d'Ewen me portait. Faire des choses pour lui, en son nom, me donne l'envie de m'activer… Il y a quinze jours, j'ai revu *La Strada*, parce que c'était son envie de le découvrir… Je suis allée chercher le DVD chez un vieux vendeur parce qu'il était introuvable en ligne… Et c'était si chouette de faire ça… Son désir était de réaliser ces petites choses qui rendent heureux et il n'a pas pu finir… Et je ne sais pas mais… les faire pour lui me donne un but… Tu vois ?

— Je vois… Et je suis contente de te retrouver si pétillante, mais pour être honnête, je m'inquiète un peu… Je ne veux pas gâcher l'ambiance mais, as-tu commencé à chercher un appartement ?

— Arfff… Non… Tu sais bien. Quand il s'agit de penser à mon propre futur, c'est évidemment plus compliqué…

— Si tu as besoin, je suis là, je peux t'aider…

— Je sais… Je vais m'y mettre…

En effet, Maddy voit juste. Il me reste trois mois pour trouver un endroit de repli qui ne soit ni le canapé de ma meilleure amie, ni ma chambre d'enfant, ni une tente en plein milieu d'un champ. Je pourrais (je devrais) commencer à poster des annonces sur les réseaux sociaux, demander autour de moi, envisager une colocation quelque part. Pourtant, je n'arrive en rien à me projeter. Malgré l'échéance de ce déménagement qui arrive et son caractère inéluctable, j'attends. Un miracle sans doute. Que quelque chose me tombe du ciel…

— Tu as raison… Il faut que je me bouge, dis-je en tripotant le carnet de mon ancien compagnon. Je sais que cette liste est en quelque sorte une façon d'éviter d'avoir à me confronter à ma réalité… C'est pour ça que je le feuillète doucement… Ça rythme mes semaines, ça me donne un objectif à accomplir, en attendant de découvrir la suite… Et pendant ce temps, ça m'évite d'avoir à penser à mes obligations…

— Je vois…

— Pourquoi, Maddy ? Pourquoi ça me prend tellement de temps de trouver le bon train ? De monter dans le bon wagon ?

— Oh ma patate… Je comprends… Mais tu fais comme tu peux… Rappelle-toi que la vie est un cycle… Souviens-toi de tout ce que tu as traversé, ces moments où tu pensais que tout était contre toi, et les fois où la vie t'a apporté tous ces moments de joie et d'amour. Camille, tu as perdu l'homme que tu aimais… C'est long, pour se remettre d'une pareille perte ! Et ta destination idéale, tu finiras par la trouver, même si pour y arriver, il faut parfois que tu t'assoies sur le quai de la gare… Que tu fasses des arrêts, que tu montes dans un train puis dans un autre… Que tu empruntes des détours… Mais on a le droit de vouloir aller dans une direction puis de rebrousser chemin… Et c'est grâce à tout ça que tu trouveras le bon wagon, quand viendra le moment…

Malgré mes yeux humides, je note la métaphore filée et je ne peux m'empêcher un trait d'humour…

— Du coup, tu crois que je devrais renouveler ma carte SNCF ? Si ça se trouve, mon bonheur ne dépend que de l'utilisation de mes points fidélité accumulés depuis tout ce temps…

Maddy et moi éclatons de rire et elle en profite pour m'embrasser affectueusement le front.

— Tu sais quoi ? J'aimerais profiter de ta présence pour aller au bout du carnet ce soir… Tu veux bien qu'on regarde ça ensemble ?

— Tout ce que tu veux, ma puce…

J'ouvre alors mon précieux cahier et tout en faisant défiler les pages, je fais le tri des notes pertinentes de celles qui ne le sont pas. Rapidement, je me sens émue.

— Oh regarde… Il aurait voulu nager avec les tortues. Il les adorait… Je peux toujours en acheter une et prendre un bain avec elle… Qu'est-ce que tu en penses ?

— J'en pense que si tu fais ça, hors de question qu'elle finisse chez nous au bout d'une semaine sous prétexte d'être un merveilleux compagnon de jeu pour Léa…

— Hmmm… Et avec ma chance légendaire, au lieu de me retrouver avec une petite tortue aquatique, je vais finir avec un mastodonte de terre qui mangera toutes mes plantes… On oublie !

Je poursuis ma lecture.

— Oh, il a aussi noté « visiter pyramides »… et « préparer des quesadillas »… Décidément, ça appelle aux vacances, tout ça… On est bien loin de mon planning prévu ces prochains mois… Ah… Il a aussi noté « déboucher évier ».

— C'est toujours bien, une petite vérification… dit-elle amusée.

Je souris, puis mes yeux balayent une phrase qui m'interpelle « Connecter avec J… ». Je cherche plus d'indications mais les dernières pages du carnet sont vierges.

— Regarde ça. Qu'est-ce que ça peut bien vouloir dire d'après toi ? demandé-je à Maddy.

— En l'état, pas grand-chose… Probablement un mémo. Une information écrite à la va-vite…

— Oui, peut-être… fais-je pensive.

— C'est sûr…

— Tu crois que c'est quelqu'un, J ?

— Ah non, Camille ! Tu ne commences pas à te triturer la tête ! Ce n'est rien ! Je te rappelle que, dans ce même carnet, tu as trouvé des envies de voyages, comme la meilleure marque de mastic à utiliser pour refaire les joints d'évier. C'était le pense-bête d'Ewen. Son pot-pourri. Regarde, parfois il écrivait des choses en abrégé, des notes qui n'ont aucun sens pour nous… Ne commence pas à présupposer des choses. Garde ton énergie pour te concentrer sur toi, OK ?

— Oui, bien sûr ! De toute façon, c'était la dernière fois que j'ouvrais ce carnet. J'ai un nouvel appartement à trouver et ce ne sera pas du gâteau, donc ouste les pensées parasites !

— Ça, c'est ma Camille ! Allez, je file mais tu m'appelles dès que nécessaire ?

— Promis !

Maddy commence à rassembler ses affaires et je me lève péniblement pour la raccompagner. En passant devant la cuisine, je jette un œil en direction de la gazinière. Je connais déjà la réponse, mais la courtoisie veut que l'on propose :

— Je te prépare un petit Tupperware de risotto à emporter ?

Après un sourire aussi large que mes hanches, Maddy m'assène le mot de la fin.

— Tu vois, en matière d'humour, tu es indétrônable !

13

Ce n'est pas que j'ai mauvais goût, c'est que mes goûts ont un problème de cohérence entre eux... Qu'il s'agisse d'objets de décoration ou de vêtements, je suis en mesure d'évaluer la qualité esthétique de chaque élément, mais assez peu capable de les mixer correctement. L'ensemble forme bien souvent un gloubi-boulga peu harmonieux. Voilà pourquoi j'ai régulièrement misé sur le jean basket pour mes tenues et les tons neutres pour mon intérieur. Alors, devoir aider Valérie dans le choix des nappes, vaisselles et autres ballons est une mission qui me semblait perdue d'avance. Surtout quand elle m'a annoncé vouloir apporter une touche brésilienne, comme le suggère le thème annoncé de sa cérémonie, sans pour autant tomber dans le côté carnaval. Argh, de toute évidence, avec moi aux commandes, son mariage aurait eu des allures de fête foraine. C'est donc partant de ce constat lucide et après une heure dans les rayons à déambuler, désemparée, que l'idée de faire appel à la personne la plus avisée pour ce genre de problématique m'est apparue. Solliciter ma sauveuse de toujours, j'ai nommé Super-Maddy.

— Merci… C'est sympa d'avoir appelé ton amie. Je suis tellement nulle en déco, dit Valérie.

— Et pas qu'en déco… Tu es également mauvaise en choix de personnes pour t'aider, plaisanté-je. Tu savais qu'un jour je suis sortie avec une marinière à rayures horizontales et un legging à lignes verticales ? On aurait dit un zèbre monté à l'envers…

— Oh… Je crois que même moi je n'aurais pas osé.

— C'est aussi ce qu'un passant m'a dit ce jour-là… Mais ne t'inquiète pas, Maddy va se charger de tout, et apparemment, ça lui fait même plaisir de venir. Tu vas voir, elle a un sens inné du style.

En attendant l'arrivée de ma meilleure amie, Valérie et moi, résignées, sommes sorties du magasin dans lequel le plus gros des achats est supposé se faire et avons rejoint le parking extérieur. Toutes les deux assises sur une bordure en béton, je nous fais l'effet de deux enfants qui attendent leur mère pour les sortir d'un mauvais pas. À observer la scène, je prends conscience que Valérie ne doit vraiment pas être très entourée amicalement pour avoir fait appel à moi aujourd'hui.

— Je suis désolée de ne pas avoir pu te filer un coup de main sur ce coup-là… fais-je en dépiautant une feuille d'arbre trouvée à mes pieds.

— Tu plaisantes ! Heureusement que tu es présente ! Sans toi, je me demande comment je tiendrais le coup…

Ce « compliment » est étrange à recevoir. D'une part parce que je n'ai pas l'impression de tant contribuer à la vie de Val', qui semble mener sa barque d'une pagaie de fer, mais aussi car le rôle du soutenant, c'est évidemment elle qui l'a eu avec moi. Je me questionne et rapidement ma pensée prend le chemin de ma bouche.

— Dis, Val'... Je peux te demander quelque chose ?

— Je t'écoute.

— Ça me fait plaisir d'être avec toi et de te rendre la pareille à ma façon, mais... pourquoi moi ? Je veux dire... Tu n'aurais pas aimé partager ce moment avec des amis ? Des amis d'enfance peut-être, plus proches de toi qu'une ancienne patiente qui t'a souvent bombardée de messages à 2 heures du matin et à qui tu as toujours bien voulu répondre pour éviter qu'elle ne se noie dans sa morve...

— Je te répondais uniquement pour que tu continues d'honorer tes séances et donc tes paiements... J'avais une baraque à acheter...

Valérie ironise, mais de toute évidence, il s'agit là d'un moyen de détourner l'attention de la question initiale. Je laisse un temps, puis elle reprend :

— Je t'ai dit que j'avais été mariée ?

— Hein ? Absolument pas...

— Oui... Pendant treize ans ! À Romain...

Je suis sous le choc. Jamais elle ne m'avait évoqué cet épisode de sa vie. Je ne connaissais que le moment de sa reconversion professionnelle et les difficultés rencontrées avec ses parents après son coming out.

— Je ne dirais pas que c'était un mariage forcé car j'avais de l'affection pour lui... Mais à l'époque, je n'avais pas pris le temps de savoir ce que je voulais vraiment. C'était l'un des fils d'amis de mes parents, on se voyait régulièrement lors de dîners, de vacances… Lui vient d'une famille d'industriels, moi de médecins… J'avais vingt-huit ans, il était gentil, ma famille était fière de cette union… Alors, quand il m'a fait sa demande, j'ai accepté… J'avais déjà déçu mes parents et ma grande sœur, en renonçant à mes études de médecine pour me tourner vers le métier de psy… C'était une façon de normaliser ma vie.

— Mais à cette période, est-ce que tu savais déjà que…

Je laisse ma phrase en suspens, ne sachant pas comment la tourner.

— … que je préférais les femmes ? reprend-elle.

J'acquiesce de la tête.

— Oui, ce sont des choses que l'on sent très tôt… Mais pour diverses raisons, on préfère parfois occulter. Dans mon cas, c'était tout bonnement inenvisageable de l'assumer. Chez nous, les mariages sont célébrés comme des bénédictions pour la lignée familiale, les naissances comme l'arrivée du messie… Le week-end, on allait régulièrement au country club, je te laisse imaginer…

Alors j'imagine mais je peine à me figurer la famille de Valérie en chapeau de cow-boy dansant sur du madison. Mon expression d'incompréhension doit être plus que lisible. Val' vient rectifier le tir.

— Les country clubs n'ont rien à voir avec la musique du même nom, si c'est ce que tu visualises. « Ce sont des clubs privés qui offrent une gamme d'activités récréatives », déclame-t-elle avec l'intonation comique d'une châtelaine. Mais c'est surtout le genre d'endroit qui a tendance à être cher et exclusif… Tout le monde n'y a pas accès. Et c'est le but. Rencontrer du beau monde comme on dit, et rester entre personnes privilégiées… Bref, tout ça pour dire que l'idée d'envisager sérieusement mon homosexualité, l'admettre et devenir ainsi le vilain petit canard de la famille étaient trop lourds à porter…

— J'imagine…

— J'ai donc fait les choses dans les règles… J'ai mené une petite vie bien rangée aux côtés de mon mari. J'étais présente aux repas dominicaux, chez les uns, chez les autres, et je passais mes vacances à Deauville ou sur l'île de Ré…

— Et ton mari… Pardon, je veux dire ton ex-mari, ne s'est jamais douté de rien ?

— Si… Mais il était amoureux, alors j'imagine qu'il a préféré faire l'autruche, lui aussi… Il évitait de parler de nous… Et surtout, il espérait tellement un enfant. Ironie du sort, mon corps n'a jamais supporté aucune grossesse…

— Je suis désolée…

Valérie balaye ma sollicitude d'un revers de la main.

— J'ai vraiment commencé à vriller les trois dernières années de notre mariage… Je ne supportais plus la présence de Romain, nos dîners, nos week-ends, toute cette vie, et je suis tombée en dépression. Plutôt ballot pour une psy, hein… J'ai fini par demander le divorce et j'ai fait mon coming out dans la foulée ! Je me suis dit qu'il valait mieux arracher le pansement d'un coup sec ! Mais avec cette annonce, j'ai aussi perdu une bonne partie de nos amis… Et l'époque du lycée est finie depuis un bail… Passé un certain âge, recréer des amitiés, ça demande un peu plus de temps. Et je ne me voyais pas sortir dans les bars lesbiens toute seule… Tu sais, oser dire qui on est ne signifie pas nécessairement qu'on sait comment s'y prendre pour vivre avec. Voilà pourquoi c'est à toi que j'ai demandé d'être présente aujourd'hui. Ce n'était peut-être pas très professionnel de te proposer un café à l'époque, mais connaître ton histoire m'a poussée à croire que tu pourrais faire partie des gens qui ne me jugeraient pas en découvrant qui je suis vraiment.

La marque de confiance de Valérie me touche, mais surtout, elle m'amène à une autre réflexion. Ma naïveté est sûrement sans égal, mais je me demande toujours comment l'orientation sexuelle d'une personne peut en inciter une autre à se détourner d'elle… Je suis prompte à juger n'importe quel individu qui oserait me proposer de manger de la purée de pommes de terre en flocons, mais rejeter quelqu'un pour ses préférences amoureuses est un concept qui m'échappe.

— Eh bien, tu as eu raison de me proposer. Aujourd'hui, je ne sers strictement à rien, mais c'est avec beaucoup de plaisir et de fierté que je le fais, assuré-je avec enthousiasme.

Val' me sourit et à mesure que son regard bifurque légèrement au-dessus de mon épaule, l'expression de son visage laisse place à de l'ébahissement. Ce regard admiratif, je le connais. J'ai déjà pu le noter à de nombreuses reprises. C'est pour cette raison qu'il est inutile que je me retourne pour en comprendre la raison. À coup sûr, Maddy se dirige vers nous.

— Et bah alors, qu'est-ce que vous faites assises par terre comme deux malheureuses ? demande ma meilleure amie.

Bingo !

— On se lamente sur notre incapacité à décider du meilleur choix pour une nappe, répliqué-je en me tournant vers elle. Tu avoueras que c'est une raison suffisamment pathétique pour en venir à déprimer.

— Toujours dans la demi-mesure, c'est ce qu'on aime chez notre Camille.

Je hausse un sourcil, faussement vexée.

— Enchantée, moi c'est Maddy, poursuit-elle en s'adressant à Val' et en lui tendant la main.

— Pareil. C'est-à-dire enchantée, moi c'est Valérie, enchaîne la psy en se relevant, visiblement troublée. Merci d'être là. Vraiment, ça me…

— Pas de souci. J'adore faire les boutiques et dépenser de l'argent, surtout quand il ne s'agit pas du mien, dit-elle sur un éclat de rire. Je vais nous chercher un caddie et on démarre ? lance mon amie avec l'énergie d'un soleil.

— Oui, heu, parfait… articule fébrilement la psy.

— Top ! À tout de suite.

Il ne manquait qu'un paquet de chips et une bière pour profiter de la scène de façon optimale. Je regarde Val' suivre des yeux Maddy. Il faut reconnaître que la voir déambuler dans sa robe de pin-up et ses bottines rouge carmin a quelque chose de magique. Valérie finit par se tourner vers moi.

— Elle est incroyable, ton amie…

— Elle fait cet effet-là à tout le monde. Mais elle est mariée… Et je te rappelle que toi aussi… dis-je pour la taquiner.

— Bien sûr, évidemment. Je disais ça sans arrière-pensée, réplique-t-elle à la fois embarrassée et rougissante.

— Je suis prête, lance Maddy au loin.

— On arrive, fais-je en amorçant la marche.

Et tout en me dirigeant vers ma meilleure amie, une question existentielle me taraude : comment peut-on avoir autant de sex-appeal en ayant les deux mains agrippées à la barre d'un caddie ?

* * *

Il aura fallu trois heures, pas une de plus, pour que toute la décoration du mariage atterrisse dans le coffre de Valérie. Avant de commencer, Maddy a ouvert une application de design graphique sur son téléphone, interrogé Val' sur l'ambiance envisagée et demandé des photos du lieu pour la cérémonie. Partant de ces données, tout en déambulant dans les rayons, elle s'est mise à créer un *mood board* en temps réel, empêchant ainsi toute faute de goût. Une performance que de nombreux organisateurs de mariage factureraient un rein, un bras et quelques orteils en supplément. À la sortie du magasin, face à cette prouesse, Maddy s'est vue invitée à la cérémonie, et évidemment, en tant qu'amoureuse des mariages, elle s'est empressée d'accepter.

De mon côté, j'ai aussi de quoi faire mon petit effet. Enfin, je pense. Profitant du temps d'attente avant le passage en caisse, je me suis éclipsée quelques minutes pour regagner un autre magasin de la zone commerciale. Mon petit sachet à la main, j'attends maintenant que les deux finissent de se remercier pour offrir mon cadeau…

— Sincèrement, Maddy, je ne sais pas quoi dire. Grâce à toi, ça va être magnifique. Sandra va être si contente.

— Je t'en prie. Je te l'ai dit, la déco, j'adore ça. Et pouvoir assister à votre mariage me fait vraiment plaisir. Et fais-moi confiance, ta maison est canon ! Ce que tu as fait du mur en pierres est superbe. Pour ta cérémonie, c'est l'endroit de rêve…

J'apprécie que mes deux amies s'auto-congratulent mais j'aimerais pouvoir moi aussi en placer une…

— Et sinon, j'ai quelque chose pour toi, lancé-je comme un rot mal réprimé.

— Ah oui ?

— Tiens, fais-je en tendant maladroitement à Val' le sac en plastique duquel elle retire une boîte.

Valérie prend un moment pour observer le carton.

— Un… ultrason pour les taupes ?

— Oui… Le vendeur m'a dit que c'était particulièrement efficace.

J'ai à peine le temps de me sentir ridicule avec mon choix de « cadeau » anti-glamour que les yeux de la psy s'embuent. Elle me plaque contre sa poitrine avec autant de douceur qu'un rugbyman sur le terrain.

— Merci… C'est tellement attentionné.

— Oh, ce n'est pas grand-chose, fais-je avec humilité.

— Si. C'est beaucoup ! me dit-elle avec une intensité folle.

— Eh bah super alors. Tant mieux, je suis ravie si ça te fait plaisir…

— Camille ?

— Oui ?

Valérie me fixe et prend une grande inspiration. Le moment transpire autant le solennel que le comique.

— Tu peux refuser bien sûr mais j'aimerais te demander… Même si je suis déjà mariée légalement, est-ce que tu accepterais d'être mon témoin symbolique de mariage ?

Damn! Si j'avais su qu'une machine à ultrasons pour les taupes apportait autant de reconnaissance et de gratitude, j'en aurais offert davantage aux fêtes d'anniversaire.

— Heu… Oui. Avec plaisir, fais-je sincère.

— Oh putain de merde, ça me fait si plaisir ! Pardon ! reprend-elle. J'avais pourtant réussi à ne pas sortir un seul mot grossier de la journée. Merci les filles, mille fois merci. Je suis émue mais ça va me passer, enchaîne-t-elle comme si le sentiment en question était honteux. Je file maintenant.

Valérie entre avec précipitation dans sa voiture et démarre en évitant de nous lancer un dernier regard. Nous restons plantées, sans un mot, à suivre des yeux la voiture jusqu'à ce qu'elle disparaisse. C'est Maddy qui finit par briser le silence.

— Je rêve ou ton truc pour les rongeurs a eu plus d'impact que tout ce que j'ai réussi à trouver ?!

— Ne te sous-estime pas, tu as fait du bon boulot, dis-je sur un ton volontairement condescendant.

Ma meilleure amie se retient de rire. Ou de m'étrangler, j'hésite encore.

— Je vais faire comme si je n'avais rien entendu, répond-elle en prenant le chemin de son véhicule.

— Je t'assure, tu n'as pas démérité. L'idée, tu vois, c'est que tu as choisi du beau, de l'esthétique, et tu as accompli ta mission, poursuis-je en la talonnant. Mais moi, je me suis tournée vers la vraie originalité : le cadeau de niche ! C'est le petit truc en plus, quoi…

— Je me trompe ou tu es venue avec Valérie ?

— Exact.

— On est dans une zone commerciale isolée, à plus de trente-cinq minutes de Paris, et je suis ton seul moyen de locomotion… Je continue ou tu vois où je veux en venir ?

La menace est évidemment lancée sur le ton de la plaisanterie, mais je préfère éviter de prendre le risque de passer ma soirée seule sur un parking.

— Les serviettes de table que tu as choisies sont sublimes, fais-je obséquieuse.

— Voilà… Je préfère. Allez, grimpe dans la voiture, ma patate. Et je te le précise au cas où, mais pour mon anniversaire, restons sur une paire de chaussures ou un sac à main…

— OK. Classique, traditionnel, un peu ennuyeux, mais soit…

— Camille…

— Un sac à main ! Génial ! On adore !

14

— Mille cent euros pour vingt-quatre mètres carrés ?! Mais à ce prix-là, dites-moi que les murs sont en pâte à choux et que les robinets font couler de la crème anglaise ? Allô ? Allô ?! Elle a raccroché ! Mais quelle odieuse bonne femme !

— Tout va bien mon petit ?

À en croire mon adorable patron qui vient de passer la tête à travers l'encadrement de la porte de mon bureau, le ton de ma voix était peut-être moins délicat que ce que je pensais…

— Oh, Yvon ! Une horrible créature vient de m'annoncer, en toute impunité, qu'on pouvait réclamer un SMIC pour vivre dans une boîte à chaussures…

— Vous avez l'intention de déménager ?

— Je n'ai pas vraiment le choix, mon propriétaire récupère son appartement… Sauf que les prix sur Paris sont devenus encore plus excessifs… Sans parler qu'il faut gagner trois fois le montant du loyer, avoir des garants solides, être en CDI, ne pas avoir d'animaux, être non-fumeur, réciter l'alphabet à l'envers, danser la polka et faire le poirier avec élégance ! J'ai même eu un propriétaire qui s'est permis de me demander mon âge et si je n'avais pas de problèmes de santé pour éviter à son assurance de traiter les dossiers inutiles ! Enfin, quoi ! Je demande juste un appartement, pas d'intégrer l'émission de la famille Kardashian…

— C'est une famille d'agents immobiliers basée sur Paris ? me demande-t-il sincère.

Sa candeur fait baisser mon agacement.

— Pas tout à fait… fais-je résignée.

— Mais si vous avez besoin de vous loger, on peut vous trouver quelque chose ici. Je suis quand même le maire de la commune. Je devrais pouvoir intervenir, fait-il chaleureux, en m'adressant un clin d'œil de connivence.

— Oui, j'imagine…

— Allons, petite Camille, il suffit de demander. Et puis, vous serez au calme ici, c'est familial… Et à deux pas du bureau. Le matin, vous pourrez passer prendre votre petit pain au chocolat à la boulangerie… Chez Colette, hein… Pas celle avenue du Général-de-Gaulle, ils sont moins bons. Je lui dirai de vous en mettre un de côté, les jours où vous travaillez en présentiel… Ou même tous les matins, si vous voulez. Elle est sympa comme tout, Colette, elle dira oui. Et puis le mercredi soir, vous aurez même droit au couscous, chez Ali. Avant, il organisait les soirées couscous le vendredi soir, mais avec sa femme, ils ont eu un bébé il y a six mois. Alors il a réaménagé ses horaires. Au début, il craignait un peu que la clientèle soit perdue. Mais pas du tout, il faut voir le monde ! Ça marche du feu de Dieu. Finalement, c'est bien aussi le mercredi soir… Et puis, pour ce qui est de l'agenda des évènements, vous le connaissez mieux que personne… Avec les soirées communales, il y a toujours quelque chose à faire le week-end…

— En effet… concédé-je passablement assommée.

— Oh d'ailleurs, vous avez vu qu'on organise une randonnée gourmande et musicale de l'amicale des employés municipaux, le dimanche 15 ?

— Je crois avoir vu passer ça.

— Évidemment, si vous voulez y participer, vous débarquez sans prévenir. Inutile de vous inscrire…

— C'est gentil…

— Bon, alors, je demande à Martine du service logement de vous trouver une petite location ? Vous en avez besoin pour quand ?

— Heu… Dans quelques mois… Mais attendons un peu… Je ne suis pas encore bien décidée sur ce que je veux vraiment…

La bouche d'Yvon s'arrondit autant que ses yeux. À n'en pas douter, la question de mon futur emménagement était réglée et ma réponse en demi-teinte l'étonne un peu. Sa bonhommie légendaire reprend cependant le dessus aussitôt.

— Comme vous voulez, mon petit. En tout cas, n'hésitez pas à revenir vers moi surtout.

— C'est entendu.

Il me quitte d'un petit signe de la main, me laissant seule face à mes projections. Des années que je travaille à mi-temps dans cette petite ville de la banlieue éloignée. À force de le côtoyer, il est devenu comme un membre de la famille… Un genre de vieil oncle qu'on ne voit qu'aux évènements importants mais que l'on retrouve avec un sentiment d'attachement et de tendresse. Pour autant, tous les avantages que vient de me dépeindre Yvon finissent de me perdre davantage encore dans le labyrinthe de mes indécisions. Si je me sens seule depuis la mort d'Ewen, le fait de vivre au sein d'une capitale m'apportait au moins le sentiment que la vie perdurait, ailleurs… Tout comme filmer l'existence des autres m'a permis de maintenir un semblant de normalité dans la mienne, les observer m'apportait un peu d'espoir. Il me suffisait de regarder les gens par la fenêtre, de les voir discuter, rire… Paradoxalement, malgré mon besoin de ne pas m'éloigner de mon cocon et d'y passer le plus clair de mon temps, je prenais régulièrement un bain de foule. Au sein de cette ruche d'individus pressés et actifs, durant une heure ou deux, je me rappelais que sur cette terre, des gens étaient encore amoureux, des parents s'émerveillaient de voir leur enfant réussir à se moucher seul, des amis se retrouvaient autour d'une pinte de bière, des personnes en retard pouvaient râler et bousculer les passants sans dire pardon, et d'autres proposer leur aide aux plus anciens pour traverser la route… Ces moments me faisaient l'effet d'une transfusion d'énergie avant de me réinstaller dans mon silence, dans mon vide… Combler. Il me fallait combler… Suis-je prête à me défaire de cette béquille ?

Cela me renvoie sept ans en arrière… À la différence que, maintenant, mes rides d'expression s'expriment même quand mon visage est impassible…

Allez, rappelle-toi ! La vie est un cycle, Camille, la vie est un cycle !

Je m'apprête à reprendre le montage de la rétrospective de cartes postales organisée le week-end dernier, mais mon regard bifurque sur mon sac à main duquel dépasse le carnet d'Ewen. Aussitôt, un sentiment désagréable me parasite le cœur et l'estomac. Je sais que je devrais écouter Maddy, pourtant je ne peux m'empêcher de m'interroger sur ce qu'a voulu dire mon ancien compagnon. Qui est J ? Que signifiait « connecter » pour lui ? Depuis plusieurs jours déjà, je tente de me raisonner. Pourquoi ce sentiment si inconfortable perdure-t-il ?

Mon mental me renvoie au temps des jours heureux, à la recherche d'un moment trouble, d'un comportement étrange. Si tout me semblait normal, je dois bien admettre que mon petit ami était plutôt du genre discret et réservé. Une qualité parfaite pour réussir à coup sûr les surprises. Je ne voyais jamais rien venir. Comme la fois où il m'a organisé une soirée *Mille et Une Nuits* après avoir revu *Aladdin*. Je l'avais taquiné pendant des semaines en lui disant que j'étais sa Jasmine. Quelques heures d'absence de mon côté avaient suffi pour que, le temps d'une soirée, je retrouve notre salon réaménagé dans un style oriental, que nous mangions des cornes de gazelle et que le lit soit orné d'une moustiquaire en tulle… Donnez-moi pour mission l'organisation d'une soirée surprise et vous pouvez être certain que je n'aurai pas encore choisi la couleur des gobelets que le principal intéressé sera déjà au courant de l'évènement.

Mais de fait, cette capacité à me cacher si bien les choses pourrait-elle lui avoir servi à des desseins moins glorieux ? Non, impossible ! Ewen et moi partagions tout… Sauf ce qui n'était pas nécessaire…

Comme le jour où lui et ses amis sont allés manger italien plutôt que thaï... Ou que la piscine était fermée et qu'il s'est rabattu sur la salle de cinéma... Nom d'une grenouille boiteuse ! Suis-je vraiment en train de me remémorer des détails sans importance ? Et dans quel but ? Pour me rassurer ou me torturer ?! Je force tout mon être à se recentrer sur le travail, mais bon sang ! Quel ennui, cette collection de timbres ! Cela n'aide pas !

Nerveusement, je reprends le carnet et relis le passage. Peut-être suis-je passée à côté d'une information... J'ai beau tourner les pages, rien de nouveau. Jusqu'à ce qu'une légère différence d'épaisseur m'interpelle... Un examen minutieux m'indique que certaines pages sont collées entre elles. Un mélange de café et de sucre liquide semble les avoir scellées... Je tente de les séparer mais l'opération s'annonce technique. Il est entendu que cette contrainte me donne l'impression d'avoir découvert un papyrus ancien, qu'il faut traiter avec la plus grande délicatesse. Pour ce faire, j'allume la bouilloire. Je passe le carnet au-dessus de la vapeur chaude qui s'en échappe et j'insère délicatement un coupe-papier entre les feuilles. Progressivement, je réussis à les libérer. Fébrilement, je retourne à mon bureau pour étudier le tout. J'y trouve l'ancien numéro de portable de sa mère, celui de son dentiste, les coordonnées du magasin d'un de ses amis... Tu parles d'un trésor ! Ma découverte est aussi insipide que le goût des asperges en novembre ! Je finis par me raisonner quand mon cœur bondit ! Fort ! Une adresse inconnue et un prénom : Jane !! Qui donc est cette fille ? Cette Jane dont je n'ai jamais entendu parler et dont je découvre l'existence ?!

Je me lève avec l'énergie d'un taureau révolté de son sort dans l'arène.

— Non ! Non ! C'est impossible ! Jamais ! Non ! Je refuse !

— Tout va bien, Camille ? Vous avez encore eu une agence immobilière au téléphone ?

Mon patron vient de passer la tête pour la seconde fois dans mon bureau.

Honteuse de la disproportion de ma réaction, je préfère corroborer sa version.

— C'est ça ! Oui, voilà… Quel enfer, ces prix… Décidément, Paris, c'est devenu une folie !

Yvon compatit.

— Hmmm… Pensez à ce que je vous ai dit pour l'appartement…

— J'y songe… J'y songe.

15

Il y a des gens pondérés, capables de se raisonner, de penser rationnellement et surtout de prioriser les choses… Vous savez, il s'agit de ces mêmes personnes qui, lors d'un conflit imminent, s'ils sont en train de travailler, diront à leur partenaire sur un ton calme mais décidé « Là tout de suite, ce n'est pas le bon moment, j'ai des choses à terminer, nous en discuterons plus tard ». Et ils s'en retourneront en effet travailler ! Et probablement qu'ils termineront leur tâche… et bien en plus !

Mais comment font-ils ? Où puisent-ils ce retour à la concentration ? Ce sang-froid ? En parlant de sang-froid, je ne suis pas complotiste, mais quand j'ai affaire à ce genre d'individus, j'en viens à croire à la théorie des reptiliens.

En réalité, je jalouse ces personnes. Dès les prémices d'une contrariété relationnelle, mon mental se transforme en un barrage qui vient de rompre, laissant s'écouler des torrents d'eau, impossibles à maîtriser. Tout un tas de questions et de remises en question déferlent sur moi. Alors avec un pareil fonctionnement, comment voulez-vous qu'un dossier comptable ou l'envoi de mails puissent être prioritaires ?!

Cela fait une semaine que j'échafaude tous les scénarios possibles sur le binôme « Jane et Ewen ». Une semaine que je tente de me raisonner, sans y parvenir. Imaginez comme j'ai péniblement terminé le montage vidéo du concours de la meilleure terrine du club de cuisine de la commune. Il fallait donc bien que je réagisse. Après tout, il s'agit d'une question de survie, je n'allais pas risquer la noyade sans rien tenter pour m'en sortir.

Comme à mon habitude, j'appelle Maddy.

— Hello Camille, comment ça va ?

— Je vais bien, réponds-je, peu convaincante.

— Hello Camille, comment ça va, pour de vrai ? reprend-elle.

— OK, puisque tu me demandes... Le « J » d'Ewen, en fait c'est Jane, ou Jeanne, ça dépend comment tu le dis. Moi, je le prononce davantage à l'anglo-saxonne, ce qui me renvoie l'image d'une jeune femme à la fois rock et libre qui me fait grincer des dents...

— Ouh là, doucement. Je n'ai rien compris...

— Dans son carnet, à la fin, il y avait les pages de ses contacts, mais elles étaient collées entre elles, bref... Et à regarder de plus près, j'ai trouvé une adresse et, en face, un prénom : Jane ! Comme par hasard... Cette femme ne s'appelle pas Sophie, Virginie ou Marie, noooon ! Elle s'appelle Jaaaane !

— Rassure-moi, Camille, tu ne vas pas accorder d'importance à un prénom dans un carnet ?

— Non, bien sûr...

— Ouf ! Tu viens vraiment de me faire peur… J'aime mieux ça. Tu es où d'ailleurs ?

— Devant chez elle !

— Qui « elle » ?

— Eh bien, « J »… Jane !

— Quoi ?! Mais tu viens de me dire…

— Que j'allais arrêter d'accorder autant d'importance à un nom dans un carnet, d'où l'intérêt de la rencontrer… C'est vrai, c'est ridicule de se faire des films via un bout de papier… Mieux vaut rencontrer les gens en vrai, tu as raison !

— Camille, je ne viens pas du tout de valider ton raisonnement là…

— Ah bon ? fais-je faussement surprise.

— Raisonnement complètement tiré par les cheveux, accessoirement…

— Ooohhhh ! Je sais, Maddy… Mais je suis obsédée, j'ai besoin de savoir…

— Mais savoir quoi… ?! réplique-t-elle un peu vive.

Je n'ose pas répondre. J'ai peur de verbaliser à haute voix mon angoisse. À la place, je déglutis un peu trop bruyamment.

À l'autre bout du fil, ma meilleure amie laisse à son tour un instant de silence avant de reprendre.

— Bon… Si tu apprends quelque chose de difficile, je serai là…

— Oh, merci Maddy… Tu me comprends alors ?

— Te comprendre ? Honnêtement ? Là, pas trop ! Mais te soutenir, oui. C'est ce que font les amis…

— Et tu es sans conteste la meilleure d'entre toutes. Si tu veux, je demanderai à Nicolas le nom de son imprimeur de t-shirts pour en faire un à ton effigie…

— Merci mais ça ira… Je reste davantage corset rétro et jupe crayon…

— C'est noté. Allez… J'y vais… C'est que j'attends depuis trois heures, assise sur un banc, et je te promets que même les pigeons commencent à me juger… J'en ai vu un me toiser autant qu'un videur de boîte de nuit huppée face à une paire de baskets bon marché.

Une fois mon appel téléphonique terminé et une grande bouffée d'air inspirée, je me dirige devant la porte de l'inconnue la plus obsédante qui soit. Un melting-pot de sensations me parcourt. Tiens, ce sont les mêmes que la fois où je me tenais en haut d'un pont, accrochée à un élastique, prête à sauter dans le vide. Je pourrais réfléchir à breveter cette activité pour toutes les personnes en mal de sensations fortes ayant le vertige… En termes d'adrénaline, c'est somme toute équivalent. J'en ai même la nausée. Sans parler que je suis totalement lucide sur ma dissonance cognitive. Intellectuellement, je sais que mon comportement est irrationnel, je ne suis pas en accord avec ce dernier, pourtant je fonce droit dans le mur, sciemment. D'ailleurs, le simple fait d'être consciente de ses propres contradictions n'est-il pas le marqueur d'une dissonance supplémentaire ?! Oh mais que l'on m'apporte du paracétamol, et vite ! Si l'on m'ouvrait le crâne, je suis persuadée que l'on y découvrirait un immense collier entortillé sur lui-même. Et avez-vous déjà essayé de défaire les nœuds d'une chaîne de collier ? Dans le top 10 des pires tortures, cette activité y figure, c'est certain.

Malgré mes doigts qui tremblent, je finis par appuyer sur la sonnette. Très rapidement, la porte s'ouvre. La voilà. « J ». Grande, élancée, à peine plus âgée que moi, des cheveux auburn remontés en un chignon flou, une longue robe bohème et un verre d'eau dans lequel flotte une rondelle de citron. Bon sang, cette fille a une classe folle. Aussitôt, mon dos emprunte la route de l'angle droit, je me ratatine. Elle est tout mon opposé. Ewen aurait-il pu craquer pour elle ?

— Oui ? me demande-t-elle en découvrant une rangée de dents aussi parfaitement alignées que les rues de Berlin.

— Bjur… prdon de vous nuyer, fait c'est, parce, je, qu-estions, enfin des…

— Vous cherchez quelque chose ?

Dieu, que sa voix est mélodieuse… Je sens mes yeux s'embuer. Bien sûr qu'il aurait pu être séduit par cette femme. Moi-même je suis charmée par elle. Charmée autant que dévastée.

— En fait… Je… Je suis bien chez Jane ?

— On peut dire ça… répond-elle avec un sourire amusé.

— J'aimerais vous parler de… Enfin d'Ewen. Si vous acceptez…

— Ewen ?

— Je ne sais pas comment aborder la chose, je sais que vous et lui, vous vous connaissiez, mais j'étais sa petite amie…

— Oui et… ?

— Écoutez, je ne viens pas en ennemie. En fait, je ne sais pas comment je viens d'ailleurs… À part en métro, évidemment… D'ailleurs, je me suis trompée dans mon changement, mais c'est un détail…

Passons. J'ai trouvé votre nom et votre adresse dans son carnet et une phrase disons... énigmatique. Durant notre relation, Ewen n'a jamais évoqué votre existence... Et quand un homme évite de parler d'une femme à sa compagne, c'est souvent que... Enfin, vous voyez... C'est souvent parce qu'elle est plus qu'une simple femme...

Je soutiens le regard de Jane autant que je le peux et je note que ses yeux s'arrondissent.

— Un peu plus qu'une simple femme ? Alors ça, je vous confirme...

Je reçois l'uppercut en plein cœur mais me force à garder le cap.

— Écoutez, j'ai besoin de savoir... Étiez-vous amants ?

— Vous me demandez s'il y a eu relation charnelle, c'est bien ça ?

— Heu, oui...

— C'est plutôt direct comme question...

— C'est vrai mais je vous le demande de femme à femme...

— Bien, je peux donc vous dire que la réponse est non.

— Oh... fais-je soulagée.

— Même si la relation, bien que brève, a été très intense...

Elle sourit en m'annonçant une chose pareille ! Mais pourquoi me torture-t-elle de la sorte ?

— Et... est-ce que vous pourriez me dire en quoi consistait cette intense relation ?

— Très certainement... Elle consistait à se balader...

Je vacille...

— Parfois à partager un plaid...

Je tangue littéralement.

— … à se câliner…

Dans quelques secondes, je vais m'empaler sur les épines de son magnifique rosier.

— Et aussi à ramasser les crottes…

Je crois qu'une grosse partie de mes neurones viennent de rendre l'âme.

— Je vous demande pardon ?

Mon bourreau éclate de rire.

— Pardon. J'arrête de vous taquiner… Laissez-moi un instant. Jane ! Jane, viens ici ! fait-elle à voix haute en direction du salon.

Quelques secondes plus tard et avec une nonchalance comique, je vois débarquer un bouledogue anglais des plus potelés. Arrivé à notre hauteur, il semble attendre qu'on lui donne une excellente raison d'avoir interrompu sa sieste.

— Je vous présente Jane. Elle est très amicale mais je n'ai jamais connu pire flemmarde.

— Jane est un chien ? fais-je mortifiée.

— Exact. Et moi, c'est Anna. Excusez-moi d'avoir joué un peu avec vos nerfs mais le quiproquo était si improbable que je n'ai pas résisté à le faire durer un peu plus longtemps…

— Oui, fais-je mal à l'aise. « Quiproquo » et « improbable » sont des mots qui font régulièrement partie de mon champ lexical de vie…

— En tout cas, j'espère que vous ne m'en voulez pas. Ewen et moi n'étions pas proches mais il a gentiment joué au dog-sitter une ou deux fois quand Jane était encore petite… On s'est rencontrés autour d'un pique-nique grâce à des amis en commun… J'avais besoin de la faire garder quelques jours pour un déplacement professionnel, il s'est aussitôt proposé… Le feeling est tout de suite passé entre elle et lui…

— Oui, ça ne m'étonne pas, Ewen a toujours été très serviable et il adorait les animaux… fais-je avec un pincement au cœur.

— Mais ça remonte à des années… Peut-être sept ou huit ans… S'il n'avait pas un prénom si marquant, je ne me serais probablement pas souvenue de lui aussi facilement. Comment va-t-il d'ailleurs ?

La réalité me fouette le visage. Elle ne sait pas. Bien sûr que non. Comment le saurait-elle ?

— Il est… mort.

Anna se décompose en une seconde.

— Pardon, je suis désolée. Vraiment. Et moi qui me suis amusée de vos angoisses. Bon sang, je me sens tellement honteuse… Je ne sais plus où me mettre. Sincèrement, je…

— Vous ne pouviez pas savoir, allons… Et sincèrement, grâce à vous, je vais mieux. Apprendre que Jane a quatre pattes dodues plutôt que deux longues jambes galbées me soulage énormément.

J'observe Anna se tortiller et tenter maladroitement de se dépêtrer de la situation et, croyez-le ou non, une bouffée de reconnaissance m'envahit. Bien sûr, je refoule mentalement le fait que, sans mon irruption dans sa vie, Anna serait encore tranquillement en train de siroter une citronnade, bien loin d'avoir à présenter ses condoléances à une inconnue venue lui demander de lui rendre des comptes sur une amante canine.

— En tout cas, je compatis… finit-elle par conclure.

Je lui souris amicalement. Cependant, si je suis apaisée de découvrir que le plus haut degré de mise en compétition avec cette « Jane » se résumait à un sac de croquettes, rien ne m'indique que l'énigmatique inscription « connecter avec J » ait un rapport avec cette boule de poils... Et cet odieux doute risque de me pousser à reprendre les recherches. À moins que j'arrive enfin à me sortir cette idée saugrenue de la tête, ce qui serait certainement plus sage.

Je finis par m'accroupir pour caresser le bouledogue. La chienne relève la tête et me porte un regard réprobateur. Apparemment, les raisons de mon dérangement ne semblent pas avoir trouvé grâce à ses yeux... En guise d'au revoir, elle fait volte-face, m'offrant ses fesses en premier plan. Elle rebrousse chemin en se dandinant, sans oublier de me balancer au visage un petit pet aussi sonore qu'odorant. Arfff, le tout me défrise les sourcils mais j'accepte la sentence. C'est de bonne guerre.

16

Après ma piètre intervention auprès de la maîtresse de Jane, j'ai décidé de me ressaisir et de revenir à la réalité. La vraie, la brute ! Depuis ce matin, je visite des logements qui me rejettent autant que je ne veux pas d'eux. Pourtant, je persiste. Il va bien me falloir un toit sur la tête. Et je ne suis pas encore prête à accepter l'idée de vivre dans une bourgade familiale, à passer mes samedis après-midi au square pour enfant alors que je n'ai aucune progéniture à surveiller, ou au PMU de la place du marché à débattre sur les sujets phares commençant par « il n'y a plus de saison » ou « c'était mieux avant »... Et malgré l'odeur de vétusté qui se dégage de la cage d'escalier dans laquelle je me trouve depuis plus d'une heure, je tente de rester positive.

— Personne suivante...

— C'est moi...

— Bien, vous avez un dossier complet ?

— Je vous laisse en juger, Votre Honneur...

J'ai tenté la plaisanterie mais l'agent immobilier me toise. De toute façon, inutile d'essayer de la séduire, je dois être la quinzième personne à visiter l'appartement et au vu de sa mine déconfite et de son humeur abominable, seul un exorcisme pourrait lui rendre forme humaine. Je ne suis pas loin d'en avoir besoin aussi (d'un exorcisme).

— Donc là, comme vous pouvez le constater, c'est la pièce à vivre, commente l'agent d'un ton monocorde.

Je pensais avoir tout vu mais les appartements de la capitale réservent des surprises. Reprenons les termes : « pièce à vivre ». De quelle vie parlons-nous ? Si c'est celle d'un cafard, je reconnais que l'endroit est idéal et même grand luxe. Le lieu est sombre et humide. Quant aux murs, grâce à eux, je viens même de découvrir une nouvelle nuance de couleur : le jaune cendrier.

— Et derrière vous, vous avez le coin cuisine… poursuit-elle.

J'opère un demi-tour sur moi-même, et là encore, le choix des mots utilisés est à moitié mensonger. Autant le « coin » est assez facile à identifier, il s'agit d'un renfoncement étroit qui ne supportera pas un kilo supplémentaire si je souhaite m'y faufiler. En revanche, pour le côté cuisine, je sèche…

— Où sont les plaques de cuisson ? demandé-je, perplexe.

— Le locataire précédent utilisait des plaques électriques. C'étaient les siennes, il les a gardées. Mais vous trouverez ça partout en magasin…

— Heureusement que la porte d'entrée n'était pas à lui, sans quoi ça nous ferait de sacrés courants d'air…

Et c'est encore un échec pour la répartie de Camille qui ne réussira pas à obtenir une esquisse de sourire de la part de l'équipe adverse.

— Ici, vous avez un placard pour ranger vos courses, et en dessous, un frigidaire encastré…

Je cherche ledit frigo et je réalise qu'elle appelle « frigidaire » ce que ma mère appellerait « glacière »… Un cube réfrigéré en somme !

— À gauche, vous trouverez la salle de bains et les W-C, reprend l'agent immobilier sans même m'inviter à la suivre.

Elle ouvre la porte et je me fends d'un rire nerveux en voyant le lavabo.

— Oh, le choix du bénitier est original, fais-je caustique. Mais j'imagine que pour se nettoyer les premières phalanges ça devrait suffire…

Je commence à ressentir l'exaspération de mon zombie en tailleur mais j'en suis au même stade. Mes nerfs lâchent également. Je ne peux plus m'arrêter de surenchérir.

— Et regardez-moi ces toilettes accolées à… comment on appelle ça ? Un abreuvoir ?

— Une baignoire à sabot ! répond-elle passablement agacée.

— Une baignoire à sabot ! C'est exactement ça… On y est ! Une sorte de pédiluve rustique…

— Bon… Madame, si vous n'êtes pas intéressée, on arrête là !

— Oh mais au contraire, je suis fascinée par l'ergonomie et l'agencement de cet endroit… Il suffit d'avoir un peu d'imagination, regardez…

Je me pose sur la cuvette des toilettes et propose une démonstration.

— Si je m'assois, je peux à la fois me soulager et m'octroyer un petit bain de pieds, dis-je en tendant les jambes… Et puis, cette douche peut aussi faire office de chaudron… Je fais couler de l'eau chaude, j'ajoute des carottes, des pommes de terre, un oignon, et hop ! Une bonne soupe paysanne… ! Pratique et malin, étant donné qu'il nous manque des plaques de cuisson pour se faire à manger… Et si je me sens seule, je peux même envisager de prendre un poisson rouge, ça lui fera un bel aquarium…

— On a terminé la visite !

— Oh non, déjà ? Je me faisais une joie de découvrir le verger et la salle de cinéma… fais-je ironique.

— Vous me faites perdre mon temps !

— Et vous, vous faites perdre leur dignité aux gens ! C'est scandaleux de proposer ce genre de biens.

— Vous êtes à Paris ! C'est le marché immobilier qui est comme ça.

— Ce n'est pas parce que « c'est comme ça » que c'est juste ! Et vous contribuez à cette précarité…

— Entendu, madame la défenseuse des indigents…

La défenseuse des indigents ! Au-delà du sarcasme de l'expression, je serais presque flattée de l'intitulé.

— Je vous raccompagne vers la sortie.

— Oh non ! Inutile ! Il me suffit de faire trois pas et je suis déjà dehors…

Aussitôt, je m'exécute. En réalité, il m'aura fallu sept pas supplémentaires, mais l'idée était là ! Après avoir dévalé les escaliers et repris une bouffée d'air à l'extérieur, je me pose dans un troquet. J'ai un besoin vital de jus d'ananas. J'ai la sensation que ce caveau a aspiré toutes les vitamines présentes dans mon corps. Je suis épuisée.

Je finis ma dernière gorgée avec avidité, quand un homme qui m'est familier me dévisage.

— Camille ?

— C'est elle…

Clairement, le visage me parle, mais le prénom m'échappe. Impossible de resituer l'individu.

— Comment vas-tu depuis le temps ?

Aïe. De quelle période parlons-nous ? Sans autre indice, avançons prudemment.

— Ça va… On fait aller… Et toi alors ? fais-je évasive.

— Pas mal, écoute… Depuis l'école de cinéma, j'ai pas mal bossé et j'ai même monté ma propre boîte de post-production…

Oh ! Donc on parle d'une époque qui remonte à au moins quinze ans. Je commençais à m'inquiéter d'un Alzheimer précoce mais mon oubli est tout ce qu'il y a de plus normal.

— Génial, ça…

— Toujours dans le milieu de l'audiovisuel, toi aussi ?

— Toujours, oui…

Petit Jésus, faites qu'il n'en demande pas plus sur la teneur de mes travaux. Aucune envie de lui partager mes histoires de timbres, de terrines et de championnat de tir à la carabine.

— Ah, c'est cool, ça… J'ai recroisé quelques anciens élèves, mais pas mal d'entre eux ont arrêté ou ont changé de voie…

— Eh oui… Ce n'est pas un milieu facile…

— C'est sûr… Seuls les meilleurs restent comme on dit… Tu étais douée toi, je me rappelle…

J'annonce ! Si maintenant il me questionne sur mes derniers projets, je prends le risque de voir mon nez s'allonger. Plutôt me transformer en pantin de bois que de subir l'humiliation de voir disparaître cet éclat d'admiration dans les yeux.

— Je me débrouillais… fais-je faussement modeste.

— Et tu bosses dans une boîte ou tu es à ton compte ?

— Je suis mon propre patron et je fais aussi des missions pour une…

Ne dis pas « mairie », Camille ! Ne dis pas « mairie ». Ça sonne foire à la saucisse !

— … une société… qui s'adapte à mon planning !

— Waouh ! Tu mènes bien ta barque. Une vraie *business woman.*

Je suis à deux doigts de me retourner pour chercher de qui il parle.

— Mais ça me fait penser justement… Je pars en tournage dans une quinzaine de jours et mon assistant réal a des petits ennuis de santé. Je cherche quelqu'un pour le remplacer, ça t'intéresserait ?

— Ça pourrait… Dis-m'en plus.

— C'est le bon plan de fou ! Vidéo promotionnelle pour un hôtel, donc logés comme des rois…

— Oui…

— En bord de plage…

— Pas mal…

— Cocktails gratuits à volonté…

— Tu me vends du rêve.

— Et surtout…

L'ancien camarade fait durer le plaisir et je reconnais que je me laisse prendre au jeu.

— C'est au Mexique !

— Oh, c'est loin… !

Ma réponse est si abrupte que mon interlocuteur en est déstabilisé.

— Heu… Oui… C'est ça, le bon plan. C'est des vacances à l'étranger mais payées quoi…

— C'est sûr, mais c'est quand même à des milliers de kilomètres…

Mon John Doe me considère avec une drôle d'expression. Évidemment. Quelle personne saine de corps et d'esprit refuserait un voyage professionnel sous les cocotiers ?!

Eh bien, Camille, trente-sept ans, atteinte du syndrome de la cabane, désemparée de bientôt être délogée de celle-ci… Ah, elle est belle, la *business woman…*

— C'est-à-dire que le Mexique, ça nécessite de poser un nombre de jours conséquents, et comme j'ai d'autres contrats, tu comprends… J'ai peur que ça ne colle pas avec mon planning…

Ouh la menteuse, c'est une grosse peureuse… Quelqu'un peut faire taire le tube réarrangé de Dorothée qui vient de s'enclencher dans mon jukebox mental ?!

— Ah oui, bien sûr. OK. Mais prends mon numéro quand même, sait-on jamais. On aura peut-être l'occasion de collaborer un de ces quatre.

— Carrément, avec grand plaisir… dis-je en tentant de cacher mon embarras.

C'est qu'on arrive au moment où je vais devoir admettre que je n'ai aucune idée de comment s'appelle le type amical qui vient de me proposer une super opportunité de travail. Je saisis mon téléphone lentement pour gagner du temps, quand tout à coup… eurêka ! Je crois que pour une fois, mon cerveau joue dans mon camp et m'envoie la bonne attitude.

— Tiens, je te laisse enregistrer tes coordonnées, lui dis-je en lui tendant mon téléphone.

La manœuvre passe comme une lettre à la poste. Mon collègue pianote son nom et son numéro de téléphone sans signe de suspicion. Je reprends mon souffle.

— Et voilà… Bon, je file. Alors peut-être à une prochaine, Camille.

— Oui. À une prochaine…

Je jette un coup d'œil furtif à mon écran, encore ouvert sur le répertoire.

— Louis-Gontran… conclus-je.

Heureusement, il enchaîne le pas rapidement et m'épargne de maintenir trop longtemps mon sourire de façade.

Louis-Gontran… Seigneur ! Quel est ce prénom ?! Je n'ai pas mauvaise mémoire, je n'ai juste pas imprimé l'improbable.

17

— Ça, c'est du fromage de qualité, frais du marché de ce matin, me dit Hubert.

Tout en buvant un panaché qui me rappelle mes soirées festives du lycée, j'observe mon père de cœur s'affairer en cuisine. Il s'applique à recouvrir des tartines beurrées d'épaisses tranches de maroilles, et je réalise qu'il s'agit sans doute d'une des mauvaises odeurs les plus délicieuses. C'est tout de même paradoxal. Comment un aliment aussi désagréable au nez peut-il apporter autant de satisfaction gustative ? J'en salive.

— Et voilà. J'enfourne ça dix minutes au four, le temps de laisser fondre gentiment le fromage et de nous préparer une petite salade verte. Simple mais efficace. Pas vrai, ma puce ?

— Absolument.

Sur un coup de tête, ce matin j'ai décidé de rendre visite à ma mère et à Hubert. Fatiguée de mes recherches d'appartement infructueuses autant que de mon obsession sur les prétendus signes reçus via la liste des envies d'Ewen (on voit où cela m'a menée), je ne voyais pas meilleur endroit que ma maison d'enfance pour souffler un peu. Et avec ce menu qui me ravit, je félicite mon instinct de m'avoir poussée à avaler quelques kilomètres avant d'avaler ces tartines.

— Ça nous fait si plaisir avec ta maman de t'avoir à déjeuner aujourd'hui. Et avec ce temps radieux, on va pouvoir profiter du jardin…

— Oh oui, on a un mois de septembre incroyable, tu as eu raison de passer nous faire coucou, ajoute ma mère en entrant avec quelques pois de senteur dans les mains. Et puis, tu vas pouvoir prendre quelques couleurs cet après-midi. Tu es un peu pâlotte, dis donc. Tu n'as toujours pas pris de vacances cette année ?

— Oh je travaille déjà bien assez souvent à domicile, c'est un peu comme des vacances…

Ma mère marque un temps et semble vouloir sonder mon âme.

— De toute façon, ce n'est pas le moment de dépenser de l'argent dans des transats de plage… Je vais devoir déménager bientôt, je dois faire attention…

— Si ce n'est que ça, on peut t'aider financièrement…

— Non, maman, je ne vais pas vous prendre votre argent.

— Ça te ferait du bien, une petite semaine au grand air, à la mer par exemple.

— Et j'irais avec qui ?!

Mon ton n'est pas celui que j'aurais souhaité. Il a dans sa vibration l'énergie de la fin de conversation. Pourtant, ma mère ne se braque pas. Elle saisit.

— Et si tu venais avec moi dehors ? Hubert a planté des groseilles et il faut voir comme elles sont belles…

— Bien sûr, allons voir ça… dis-je penaude.

Une fois devant l'arbuste fruitier et après avoir goûté les baies délicieuses, je me lance. Je n'avais eu ni l'envie ni le courage de le faire auparavant, mais en cet instant, une nécessité impérieuse se fait sentir.

— Dis, maman, à partir de quel moment tu as oublié papa ?

Ma mère me sourit tendrement et aussitôt, je reformule ma question.

— Je veux dire, est-ce que tu as senti à un moment que son empreinte s'était suffisamment estompée pour que tu puisses enfin te reconnecter au monde ?

— Mais je ne me suis jamais déconnectée du monde…

— Tu as quand même mis quinze ans à refaire ta vie avec quelqu'un…

— Entre ton histoire et la mienne, c'est différent, ma puce…

Évidemment, je n'ai pas eu besoin d'ajouter davantage de précisions pour qu'elle comprenne que je compare mon deuil au sien…

— Est-ce que tu as peur de ne jamais plus revivre d'histoire d'amour ?

Je baisse les yeux. Je réfléchis. Je ne sais pas. Face à mon mutisme, ma mère reprend.

— Si je n'ai pas repris une vie de couple plus tôt, c'est d'abord parce que je voulais me concentrer sur toi. Tu étais encore jeune quand ton père nous a quittées et je n'avais qu'une seule envie, que l'on reste dans notre bulle et que tu ne te sentes pas perturbée davantage. Et si tu te poses la question, tu n'es absolument pas responsable de mon célibat. Je me sentais parfaitement comblée en vivant juste avec toi… Par la suite, j'ai consacré beaucoup de temps à mon travail de couturière, à mes amis aussi… Et puis maintenant, je peux te le dire, mais… ce n'est pas parce que tu ne m'as jamais vue avec un homme que j'ai joué les bonnes sœurs durant toutes ces années…

Je tourne la tête vers elle avec vivacité et constate que ma mère préfère se réfugier dans le dépiautage de feuilles mortes du groseillier dont les fruits sont aussi rouges que ses joues.

— Tu as connu d'autres hommes entre papa et Hubert ? fais-je un peu sonnée.

— Quelques-uns, oui…

Soudainement je me prends de la même envie de désherber. Plus une seule feuille morte ne me résiste. Bientôt, je vais attaquer l'écorce…

— Et aucun d'entre eux ne t'a donné envie d'aller plus loin ? demandé-je timidement.

— Certains si, parfois… mais ce n'étaient pas les bons… Alors j'ai pris mon temps. Mais je n'étais pas triste, ma fille… Ton papa m'accompagnait chaque jour, il était dans mon cœur, et il l'est toujours… Et j'ai la conviction qu'il n'aurait pas voulu me voir seule par sens du sacrifice… C'était mon choix de ne pas me relancer dans une vraie relation, le mien uniquement… Et aujourd'hui, je suis en paix et heureuse…

— Et comment tu as réussi à ne pas te sentir coupable ? Parfois, je me dis que ce qui m'arrive est comme un mauvais karma… Peut-être que je paye certaines abominations faites dans une vie antérieure. Qui sait, j'étais peut-être une horrible tortionnaire qui décapitait les gens pour son plaisir ? Ou encore une comtesse obsédée par la jeunesse qui égorgeait de jeunes vierges pour prendre des bains de sang ?...

— Camille, que penses-tu de regarder un conte de Noël, cet après-midi ? Ce n'est pas encore la période mais je pense que tu devrais remplir ton esprit d'images moins violentes... propose-t-elle, l'air un peu effaré.

Je fais la moue en me disant que l'issue de ce visionnage générera juste une grande frustration de ne pouvoir me repaître de chocolat chaud à la guimauve.

— Tu sais, mon ange, les réponses n'arrivent pas toujours avec le mental... Elles sont parfois plus subtiles... Il faut avoir confiance en l'avenir et apprécier les petites choses de la vie en attendant...

— Les filles ! Les tartines au maroilles sont prêtes ! nous informe Hubert avec enthousiasme, en déposant le plat sur la table du jardin...

Le timing parfait me déclenche un petit rire. J'ai peut-être été une despote sanguinaire dans une autre vie, mais dans celle-ci, rien ne pourra changer ma destinée... Dans quelques minutes, j'enfournerai avec avidité ces tartines de fromage dégoulinant.

* * *

Que serait un dimanche en famille sans la fameuse balade digestive après le déjeuner ? Certains rétorqueront que ce serait un dimanche dans sa version plaid et sieste. Fort heureusement pour moi, mes parents n'ont pas encore succombé à l'appel de la série policière allemande de 15 heures, dont l'intrigue vous fait rapidement basculer dans la position bras croisés, paupières closes et sifflement nasal.

Voilà pourquoi nous profitons de ce moment dans un parc. Nous approchons du lac pour donner du pain aux canards quand, un peu plus loin, je remarque la présence d'un petit chevalier qui semble mener un combat avec un fantôme. Quelques secondes de concentration et il me semble reconnaître sa silhouette. J'abandonne ma mère et Hubert quelques instants pour en avoir le cœur net. Arrivée à sa hauteur, plus de doute. Je reconnais bien le petit monsieur.

— Tu combats un dragon imaginaire, Pablo ?

Tout en restant sur ses gardes, le jeune garçon se retourne et me reconnaît… Enfin presque !

— Oh Meuh-Meuhsine !

— Oui, alors dans la vraie vie, moi c'est Camille.

— T'es moins grosse qu'avant…

— Ah ! Je t'avais bien dit que c'était à cause du costume.

Quelqu'un pour m'expliquer pourquoi je suis satisfaite de ce semi-compliment ?

— Qu'est-ce que tu fais ici ?

— Rien de particulier. Je me balade avec…

Je me ravise. Je réalise que je m'apprête à poursuivre par un « avec mes parents » alors que de toute évidence, ce petit est encore seul, livré à lui-même, un dimanche après-midi.

— Disons que je prends l'air… Et toi ?

— Je m'entraîne avec mon épée, me dit-il en secouant son bâton de bois.

Aussitôt, je fais quelques pas en arrière. Le souvenir de la fourchette plantée me reste en mémoire. Pablo le note.

— N'aie pas peur, je vais pas te taper… Je tape plus personne.

— C'est vrai, ça ? fais-je agréablement surprise.

— Bah oui. Et puis moi, je vais devenir détective privé, alors je dois pas me faire remarquer…

— Waouh, je suis fière de ta décision…

— Tu sais, la dernière fois, mon père il avait perdu ses clés, eh bah, c'est moi qui les ai retrouvées. Je lui ai posé plein de questions, et après j'ai cherché et j'ai trouvé, me dit-il avec fierté.

— Et ton papa était content de toi ?

— Oui. Il m'a dit « bravo mon gamin », poursuit-il en donnant des coups de bâton-épée dans le vide.

— Génial ! Tu feras un enquêteur hors pair…

— Pourquoi t'es triste ? me demande-t-il brusquement.

— Mais je ne suis pas triste, voyons…

— Si. C'est ton amoureux, il est méchant avec toi ?

— Mais non, il n'est pas méchant. Et puis d'abord, je n'ai pas d'amoureux…

— Ah, c'est pour ça que t'es triste…

Fichtre ! Ce garnement est résolument fait pour le métier d'enquêteur. Ce qui, par extension, fait donc de moi une super dénicheuse de talents…

— Je suis encore un enfant mais je sais que les grandes personnes, elles aiment bien se faire des bisous et des câlins. Et quand elles n'ont personne pour se faire des bisous, alors elles ont du chagrin.

Va savoir pourquoi, entendre le mot « chagrin » dans la bouche d'un petit bonhomme qui semble autant manquer d'affection me bouleverse. Je jette la tête en arrière pour empêcher l'ouverture de la robinetterie lacrymale.

— Alors, si tu veux tout savoir, en fait j'avais un amoureux, et malheureusement, il est parti au ciel… dis-je difficilement.

— Il est mort ?!

Constat classé et sans appel : les enfants ne sont pas les inventeurs de l'enrobage.

— Voilà. Il est mort… Et comme on s'aimait beaucoup, il me manque encore parfois. Et surtout, sans lui, je ne sais plus trop prendre de décisions, je me pose beaucoup de questions, et puis il avait un carnet avec des choses écrites dedans qui m'interpellent et…

— Un carnet ?

— Oui, un genre de…

Oh là ! Stop, Camille ! Tu ne vas tout de même pas te confier à un enfant d'à peine huit ans !

— Enfin, bref… C'est sans importance…

— Tu ne veux pas me raconter parce que tu penses que je suis bête, c'est ça ?

— Mais non, allons ! Absolument pas…

— C'est toi qui m'as dit que je pouvais trouver les enquêtes…

— On dit résoudre les enquêtes… corrigé-je avec tendresse. Et c'est vrai, mais là, ce sont des affaires de grandes personnes…

— C'est toujours pareil ! Les adultes, ils veulent jamais nous aider. Si je m'entraîne pas, je pourrai jamais être un grand détective. Montre, s'il te plaît…

Alerte ! Sa moue est beaucoup trop dangereuse ! Elle vient de faire chavirer mon cœur et je n'ai qu'une envie, kidnapper cet enfant pour le gaver de friandises autant que de livres d'énigmes.

— Bon, d'accord... Tiens, fais-je en lui tendant le carnet que je sors de mon sac à main. Mais fais-y attention, s'il te plaît. J'y tiens.

— Bah oui... Il faut faire doucement, il ne faut pas laisser de traces. C'est la règle d'or...

« La règle d'or ». Je ne sais pas quels films ou vidéos ce petit a regardés pour retenir cette expression, mais il semble très investi dans son avenir professionnel. Me voilà émue. Avant de se saisir du petit cahier, Pablo s'essuie les mains sur son short et le prend avec la plus grande des délicatesses. Le voilà qui inspecte méticuleusement chaque page.

— Ton amoureux, il voulait faire beaucoup de trucs, on dirait...

— Oui... Et figure-toi que pour lui, j'ai même fait quelques-unes de ces choses... dis-je avec enthousiasme.

— Et t'es contente ?

Sa question m'interpelle et mon esprit sur la défensive pourrait y suspecter un sous-entendu sarcastique. Mais ma déraison n'est pas complètement de mise. Je me souviens que ce petit bonhomme n'a pas encore l'âge de tomber dans le passif-agressif.

— Oui, ça m'a rendue heureuse...

— Et t'as sauté à l'élastique ?

— Absolument.

— Trop cool, répond Pablo admiratif.

— Et tu as nagé avec les tortues ?

— Hélas, non... On ne vit pas dans le pays qui facilite le plus cette activité...

Tout en lui répondant, je commence à balayer l'air de la main pour faire fuir un insecte non identifié qui me tourne autour.

— Et tu as vu les pyramides ?

— Pas encore, mais qui sait, j'irai peut-être en Égypte bientôt… dis-je tout en poursuivant mes techniques d'esquive envers la bestiole.

— Ah ouais, c'est trop bien ! J'ai déjà vu des films avec des pharaons, c'est super cool…

— Oui, Néfertiti tout ça, tout ça… fais-je expéditive.

C'est que je tente de poursuivre la discussion mais je suis, en parallèle, victime d'une attaque. Je finis par me rebeller :

— Ah non, mais ça va suffire là ! fais-je en direction de l'individu ailé. Fous-moi la paix, toi ! Allez ! Ouste ! C'est quoi ça encore… ?! dis-je avant de comprendre.

Bon sang, une guêpe ! Une guêpe m'a prise pour cible et me charge dangereusement. Je fais des tours sur moi-même en agitant haut les bras. Au même instant, je croise le regard d'Hubert, posté plus loin. Il interprète mes mouvements comme des « coucou » et me répond alors par de grands signes amicaux. Tout en continuant à m'agiter, j'esquive une torsion labiale en guise de sourire pour donner le change. Pablo, quant à lui, n'a que faire de mes gesticulations et continue de me questionner :

— Et ça veut dire quoi, « Connecter avec J » ?

Malgré mon instinct de survie sur le qui-vive et mon corps qui se contorsionne à la manière d'un acrobate débutant, ce dernier fait une interruption des programmes…

— Je ne sais pas… Rien d'important, j'imagine.

— Moi, je crois que c'est ça qu'il faut trouver…

Oh non, jeune créature ! Ne me relance pas là-dessus. Tu ne sais pas à qui tu as affaire.

— Ou qu'il ne faut surtout pas chercher, dis-je en tentant de me convaincre. Ce n'est pas bon de ressasser le passééééé !!

Ma voix s'est mise à dérailler car Insectwoman vient de se poser sur mon bras.

— Mais va-t'en, vilaine guêpe ! fais-je un poil trop désespérée.

— Mais c'est pas une guêpe, ça. C'est un syrphe. Ça fait pas mal…

— Comment ça ? Bien sûr que si ! Regarde son abdomen, ses rayures jaunes et noires ! Évidemment que c'en est une !…

— C'est parce que ce sont des insectes qui veulent ressembler aux guêpes et aux abeilles mais en fait, ils n'ont pas de dard. Ils ne peuvent pas piquer.

— T'es sûr de toi, là ?

Je pose la question tout en continuant de gesticuler de façon aléatoire par précaution.

— Oui. J'adore les insectes. Et ça, c'est bien un syrphe. En fait, c'est juste une mouche.

— Une… mouche ?!

— Oui, ça fait partie de la famille des mouches.

Des mouches ? Encore ?! OK ! D'accord ! J'en rajoute peut-être mais qu'on ne vienne pas me dire que je n'ai pas une relation étroite avec ce diptère. J'ai la sensation d'être en communication avec cette inesthétique bestiole sans pour autant y comprendre grand-chose !

— Dis, Camille, c'est quoi, des quesadillas ? demande Pablo qui a repris sa lecture attentive.

— Un genre de galettes mexicaines… dis-je distraite.

Je suis encore dans mes pensées quand… nom d'un mariachi ! Une connexion s'établit. Je me trompe où il y a aussi des pyramides au Mexique ? Et n'ai-je pas reçu une proposition de me rendre dans ce pays ? Et si, finalement, j'avais été guidée ? Par un insecte tout sauf charmant, certes… Mais si les gardiens célestes, anges et autre animal totem existent, qui suis-je pour juger du choix du messager ? Bien sûr mon raisonnement est aussi cabossé que la tôle d'une voiture conduite par des teufeurs après une rave-party de trois jours. Bien sûr que ce n'est pas le moment de se laisser porter par la fantasmagorie au vu de mes obligations et priorités. Bien sûr que ce n'est pas raisonnable. Mais à bien y réfléchir, qu'est-ce que la peine, le conformisme et le précautionneux ont fait de moi ces dernières années ? Un être craintif, prostré et incapable de se mouvoir. Une personne dont Ewen ne serait pas tombé amoureux. Où est donc passée la Camille d'autrefois ?

— Pablo ?!

Le petit garçon relève la tête en bondissant, aussi surpris que moi par mon ton affirmé.

— Je crois que tu as raison ! Je vais finalement mener mon enquête jusqu'au bout.

— Tu vas chercher qui est « J », c'est ça ? enchaîne-t-il les yeux brillants.

— En tout cas, une chose est certaine, je m'apprête à prendre un billet d'avion…

18

— Comment ça, tu pars ? Tu me laisses, avec tout ce qu'il me reste à faire ?

— Val', c'est juste un tournage de quelques jours et ton mariage est dans deux mois… Ensuite, je reviens, on continue la préparation de la cérémonie, de la maison, et surtout on souffle… Je serai là, ne panique pas…

— En attendant, je n'ai plus de buffet brésilien ! Comment peut-on planter les gens comme ça à quelques mois d'un mariage ?! Je sais à peine faire des crêpes, je ne vois vraiment pas comment je vais réussir à préparer des *pão de queijo*…

— Tu n'auras pas à t'occuper de ça… Ne t'en fais pas, j'ai déjà ma petite idée de ce côté-là…

Plus qu'à l'accoutumée, Valérie est sur les nerfs. Et avoir à gérer les angoisses de sa psy, c'est quelque chose. Mais pour tout l'investissement et le soutien hors rendez-vous que Val' m'a apportés pendant ma période difficile, je ne m'imagine pas un instant me soustraire à ma condition de témoin et surtout d'amie.

— Et puis, qu'est-ce qu'ils foutent avec les papiers ?! Sérieusement ! reprend-elle sans transition à la façon d'une radio qui saute d'une station à une autre. On a tout fait dans les règles ! On s'est mariées, on a fait la transcription du mariage en France, j'ai le livret de famille, tous les documents ont été déposés au consulat, et malgré ça, Sandra n'a toujours pas reçu son visa long séjour ! Je ne vais quand même pas célébrer mon union via Zoom, bordel de merde !

— Si j'en crois ce que tu m'as raconté, vous n'êtes pas encore hors délais… Tout va bien se passer… Il faut juste que tu arrêtes un peu la caféine, c'est déjà le troisième expresso que je te vois boire, et je ne suis là que depuis une heure… lui fais-je tout en lui retirant délicatement la tasse des mains…

— Je ne sais pas pourquoi je me marie… Je veux dire, pourquoi je m'accroche comme ça à une cérémonie réservée aux hétérosexuels ?! Je suis lesbienne ! Je devrais pouvoir m'en foutre des protocoles, du bouquet de fleurs, du plan de table et des petits-fours…

Les interrogations de mon amie m'interpellent et j'ai bien quelques idées en tête, mais j'imagine qu'en tant que professionnelle du mental, elle connaît déjà les réponses. Pour autant, je sens bien que son stress et la multitude de tâches à accomplir l'empêchent d'avoir accès à davantage de clairvoyance.

— Peut-être justement pour combler ton déficit de reconnaissance sociale ? me risqué-je. Pour arrêter de te sentir invisibilisée. Tu as vécu toute une vie avec un masque, tu as aussi le droit de vouloir une journée qui célèbre la validation de qui tu es vraiment…

Valérie marque un temps et son expression semble un mélange de réflexion et d'incrédulité. Je doute tout à coup de ma pertinence.

— Depuis quand tu es devenue si bonne analyste toi ? fait-elle, un sourire au coin des lèvres.

— Depuis ma rencontre avec un bon professeur…

— Tu as raison… C'est qu'avec la date qui approche et tout ce qu'il me reste à faire, je me laisse déborder. Et puis, ça me fait chier de le reconnaître, mais… j'aurais aimé que mes parents m'accompagnent dans cette aventure.

Je souris avec compassion. Je ne peux faire que ça. Je ne sais que trop bien ce que l'on ressent quand on souffre de l'absence des gens qu'on aime…

— Sinon… Parle-moi de toi…

— Pardon ? C'est-à-dire ?

— Je m'applique mes propres conseils… Je détourne mon cerveau de mes préoccupations personnelles pour souffler… Ce n'est pas de l'altruisme, c'est de la saturation.

— Hmmm, j'apprécie ton honnêteté… fais-je caustique.

— Allez, pitche-moi ta vie… Il faut que je me change les idées.

— Quoi ?

— C'est une méthode que j'utilisais parfois avec ma patientèle. Tu parles de toi à la troisième personne, comme un personnage extérieur, pour faire le résumé de ta vie… Tu as fait des études de scénariste, ça ne devrait pas être bien compliqué pour toi…

— Tu sais que tu as arrêté le métier et que tu ne pourras pas me facturer la séance… ? lui dis-je suspicieuse.

— Quel dommage, j'ai repéré un lustre qui me plaît beaucoup mais qui coûte un bras… Tant pis, je me contenterai de l'ancien…

De mes années d'études de cinéma, je garde des notions de dramaturgie et ce qu'il faut pour construire un scénario. Je décide donc de m'appuyer sur ces conventions pour m'aider à y voir plus clair. Après tout, je ne suis peut-être pas dans un film, mais je reste l'héroïne de ma propre vie…

— Au départ, il faut présenter le personnage et asseoir le contexte, dis-je.

— Formidable, fais-moi ça… me dit-elle en me tendant une feuille et un papier. Tu écris en même temps que tu partages à voix haute.

— OK, alors on commence par… *Camille, trente-sept ans, célibataire depuis la perte de son fiancé. A traversé une dépression. Filme tout ce qu'on lui demande pourvu que ce soit payé. A une passion pour les pyjamas et globalement tout ce qui se boit et se mange… Doit quitter son appartement dans deux mois, en plein mois de décembre. N'a toujours pas trouvé de solution convenable. Ne s'est pas fait de nouveaux amis depuis trois ans, mais cohabite avec vingt kilos de plus.*

Valérie me lance un regard qui en dit long… Je reprends :

— *Ne s'est pas fait de nouveaux amis* SAUF *Valérie qui est passée de psy à confidente, et surtout qui exploite le pauvre corps de Camille pour ses travaux de rénovation.*

À en croire le visage placide de Val', mon message subliminal quant à la douleur de mes muscles n'a eu aucun effet. Elle finit juste par hausser un sourcil :

— Bravo ! Tu viens de me déprimer. C'est possible d'insuffler quelque chose d'un peu positif ?

— Dis donc, t'es gonflée, je pourrais te renvoyer la même proposition…

— Et je le fais ! Tu m'as bien dit que tu allais t'occuper de mon buffet brésilien… ?! C'est très positif.

— Ah tiens, tu as retenu ce passage ? Je croyais que tu ne m'écoutais pas… lancé-je caustique.

— J'ai pris ma retraite mais je n'ai pas perdu ma capacité à enregistrer les informations qu'on me donne. Une note d'espoir à ce résumé peut-être ?

Je souffle et lâche une phrase bateau :

— *Malgré cela, il semblerait qu'elle retrouve doucement l'envie d'avoir envie…*

Valérie réprime un rire en pouffant.

— Oui, bah si j'avais eu à pitcher cette histoire à des professionnels du cinéma, je me serais abstenue de citer Johnny Hallyday… Je te rappelle que je fais cet exercice uniquement parce que tu me le demandes et pour soulager ton cerveau sur le point d'exploser, madame la moqueuse.

On peut plaisanter, mais il faut reconnaître que le bonhomme avait vu juste… Perdre l'envie d'avoir envie ou vouloir la retrouver, c'est quand même une sacrée limonade !

— Pardon. Tu peux reprendre…

— Ensuite, il faut évoquer les obstacles et les épreuves.

D'un mouvement de la main, Valérie m'invite à poursuivre.

— *Alors qu'elle s'apprêtait à sortir de son terrier, elle doit faire face à son abominable et monstrueux propriétaire.*

Je tourne la tête en direction de la psy, consciente que j'en rajoute sévère.

— Oui, bon, personne ne le connaît, j'ai le droit de romancer un peu…

La psy roule des yeux.

— *Un odieux propriétaire – donc – qui a décidé de la déloger, alors qu'il sait très probablement comme il est compliqué de trouver un appartement sur Paris. Sans parler (mais laissez-moi le faire quand même) que les biens à louer sont au marché immobilier ce que les sacs Jacquemus sont à la maroquinerie : minuscules à des prix indécents. Vu comme il vient de lui faucher l'herbe sous le pied, il a sans doute une belle carrière dans le jardinage.*

J'en arrive à l'étape du carnet et de la mouche mais je préfère passer cet épisode sous silence. Je n'ai pas envie de finir l'exercice avec une démence diagnostiquée.

— Et pour finir bien sûr, il faut résoudre et dénouer les conflits…

Je lève le nez de ma feuille et constate que Valérie n'est plus dans la pièce mais dans le jardin en train de bécher. Il y a deux manières de considérer le fait qu'elle ait désertée. La première : je l'ai ennuyée au point d'avoir un besoin urgent de prendre l'air. La seconde : je l'ai au contraire apaisée tant et si bien qu'elle a eu envie de jardiner. Ne la voyant pas courir comme une furie, une pelle à la main, je vais m'autopersuader que j'ai réussi ma mission.

Un coup d'œil sur la pendule m'indique que cela doit bien faire trente minutes que je cherche à écrire cette partie sans y parvenir… Évidemment. On ne peut pas connaître l'issue de sa propre histoire… Et je n'ai toujours pas le numéro de téléphone du grand scénariste de la vie. Parfois, j'aimerais avoir le DVD de la mienne (même si, de nos jours, trouver un lecteur relève de l'épopée). Je ne sais pas si j'aurai le courage d'avancer jusqu'au dernier chapitre, celui qui précède la mort, mais dans les moments de grands doutes, les fois où l'on se sent tiraillés dans nos choix, un petit coup de pouce pour nous rassurer sur la suite des évènements ne serait pas de refus…

Bien sûr, je pourrais conclure par :

— *Elle finit par se résoudre à ranger à la cave le carnet aux espoirs illusoires. Et tout en abandonnant l'idée d'être une Demi Moore dans* Ghost, *elle accepte d'emménager dans un petit appartement d'une banlieue éloignée afin d'y mener une vie sédentaire. La journée, elle continuera à filmer les matchs de foot de la commune, et le soir elle rentrera chez elle, après un détour par le petit supermarché du coin pour s'acheter une soupe déshydratée qu'elle mangera seule.*

En fin de compte, c'est peut-être la meilleure option qui s'offre à moi, mais pas encore… Il me reste deux mois avant d'avoir à quitter les lieux, alors laissez-moi un peu de temps avant de reprendre le chemin de la vie normale, juste encore un peu de temps…

19

« Traverser le pire pour vivre le meilleur. » Est-ce que cette phrase s'avère toujours juste ?
J'annonce : durant les périodes troubles, il s'agit d'une réflexion à congédier le plus vite possible, sous peine de sombrer dans un désespoir aussi grand que boire un mojito dépourvu de menthe… ou pire… de rhum !

Car l'être humain est ainsi fait. Il cherche du sens aux évènements difficiles pour se maintenir debout et poursuivre sa route malgré tout. Afin de tenir bon, qui ne s'est jamais raccroché à l'idée qu'il fallait manger son pain noir pour ensuite accéder à sa petite brioche au beurre ? Si, durant les tempêtes, on ne peut se réfugier dans la croyance que l'accalmie finira bien par arriver, alors autant s'abandonner à la détresse illico. Ou boire un virgin mojito.

Croire. Parfois, c'est la seule chose qui nous permet d'avancer.

— Merci encore, Gaëlle… fais-je en recouvrant ma tartine de confiture avec gourmandise. Valérie va être si soulagée d'avoir une partie brésilienne pour son buffet… Vu son niveau de stress, j'ai peur qu'elle envoie tout balader et décide de transformer son mariage en concert punk… Elle a des idées parfois un peu extrêmes…

— Je t'en prie… Dis-lui qu'elle se rassure. On va lui concocter quelque chose… Les recettes brésiliennes ne sont pas ma spécialité, mais je ferai de mon mieux…

— Ce sera délicieux, comme tout ce que tu cuisines…

Tout en discutant, mon ex-belle-sœur me sert un roulé à la crème de pavot.

— Et voici ma dernière création. Dis-moi sincèrement ce que tu en penses…

J'en goûte aussitôt un morceau et mes papilles sautillent de bonheur. Son talent pour la pâtisserie ne cessera jamais de m'étonner.

— Gaëlle… C'est de la sorcellerie… Mon palais veut fusionner avec ce gâteau à tout jamais !

— Et la marmelade fraise-romarin, tu en penses quoi ?

— À se damner…

— Oh super, je vais les mettre à la carte le mois prochain alors ! Tu as toujours été ma testeuse la plus fiable, me dit-elle.

— Et la plus assidue, fais-je goulûment.

Aussitôt, le souvenir des jours heureux me revient et je suis saisie d'une vague de mélancolie. Après la perte d'Ewen, je suis rarement revenue dans le salon de thé familial qu'ils avaient ouvert ensemble, lui et sa sœur, et qu'elle tient toujours.

Malgré le décor pourtant charmant et les plats succulents, sans lui, l'endroit me faisait l'effet d'un caveau. Aujourd'hui pourtant, j'y trouve un réconfort familier qui m'apaise.

Et bien que j'aie décidé d'aller rendre visite à mon ex-belle-sœur pour confirmer sa contribution à l'équilibre mental de ma psy, j'ai aussi dans l'espoir d'y trouver, peut-être, quelques confirmations… Hélas, depuis une heure maintenant, je tourne toujours autour du pot.

— Et donc, tu pars demain, c'est ça ? enchaîne-t-elle.

— Oui, mon ancien camarade avait toujours besoin de quelqu'un pour l'assister sur le tournage, alors j'ai sauté sur l'occasion. Je pense que ça peut être bien… dis-je en reprenant une bouchée de ce nouveau délice culinaire.

— J'en suis certaine. Je suis très contente que tu voyages un peu. C'est une bonne idée.

— Tu le penses vraiment ?

Je viens de l'interroger avec la même intensité que les jappements d'un chien dont le maître lui demande s'il veut partir en promenade.

Ma question est teintée d'une trop grande implication mais elle s'explique. C'est qu'elle et Ewen étaient si proches que je m'accroche à ses paroles, espérant y trouver un indice qui m'indiquerait que suivre les pas de son frère est le bon chemin… Alors, malgré mon envie d'avaler ma langue et de chasser ma tendance aux idées obsessionnelles, je tente une approche en douceur.

— Tu as probablement raison, ce voyage va sûrement être chouette… Je me suis beaucoup isolée ces dernières années et il est temps de sortir de ma grotte.

— Absolument. Et Ewen aurait voulu qu'on soit heureuses, qu'on sorte, qu'on s'amuse, qu'on continue de vivre…

— Bien sûr… Tu sais d'ailleurs s'il avait des envies d'aller au Mexique ?

Douceur : qualité d'un mouvement progressif, de ce qui fonctionne sans heurt ni bruit. Il serait temps que j'intègre cette définition à ma façon de faire !

La réaction de Gaëlle est celle attendue. L'air interdit, elle me dévisage sans un mot.

— Pardon, Gaëlle. Ne fais pas attention. Oublie ce que je viens de dire. Oublie-moi. Je vais d'ailleurs tenter de m'oublier. Si tu as une perceuse à disposition, je veux bien l'utiliser pour me faire un petit trou dans le crâne et aider à l'évacuation de toutes les bêtises que je débite à la seconde.

Honteuse, j'évite de croiser le regard de mon ex-belle-sœur, mais sa bienveillance n'a jamais fait défaut. Même dans la peine et le deuil.

— Camille. On se connaît depuis bien longtemps. Tu feras toujours partie de la famille. Si tu as quelque chose à me demander, tu as le droit…

Ses mots me vont droit au cœur, pourtant j'hésite… Si Ewen, par amour romantique, acceptait mes élucubrations mentales et mes névroses, je ne peux les imposer à tout le monde.

— Non, non. Je t'assure, c'est OK, dis-je en tentant de lui offrir un sourire franc.

J'aurais mieux fait d'esquisser un rictus façon *Joconde*. Le reflet de la cuillère en métal m'informe que les graines de pavot venues se coincer dans les moindres orifices de ma dentition font de moi la cousine de Jacquouille la Fripouille.

— Tu sais que tu peux me parler de mon frère... Ce n'est pas un tabou et je ne suis pas en sucre.

— Je sais... C'est simplement que ce que j'ai à partager est un peu farfelu... Non, vraiment. C'est absurde, je t'assure.

Gaëlle éclate de rire.

— Camille... Est-ce que tu penses vraiment que quelque chose pourrait encore me surprendre ou me déstabiliser venant de toi ? Au cours de toutes ces années, je t'ai vue aller au mariage de ta mère habillée d'un rideau et d'une couronne de galette des rois sur la tête pour symboliser la statue de la Liberté, tu t'es fait courser par une chèvre, tu as déjà versé du produit vaisselle sur tes crêpes en le confondant avec de la liqueur de citron, tu as mis en place un stratagème digne des plus grands polars pour faire tomber une abominable voisine septuagénaire, tu t'es fait autant de bosses que tu as cassé d'assiettes, et j'ai encore en mémoire la fois où tu t'es précipitée vers moi pour me dire bonjour sans réaliser qu'une baie vitrée nous séparait...

Aoutch ! La simple évocation de ce souvenir vient de réactiver la douleur qui irradiait mon visage tout entier. Il faut dire que j'ai fusionné avec cette vitre... ! Mais qui donc lave ses carreaux aussi correctement ?!

— Ewen t'aimait pour ton originalité et tes extravagances. Et nous aussi. Tu n'as pas à avoir honte de qui tu es...

C'est vrai, il m'aimait comme j'étais. Et malgré mon côté bizarre et empoté que je tente pourtant (et lamentablement) de masquer, je ne me suis jamais sentie jugée par les membres de cette famille.

Je finis par me lancer.

— C'est que j'ai l'impression qu'Ewen cherche à me faire passer un message, j'ai la sensation de recevoir des signes qui me poussent à « connecter avec J ».

— « J » ? Qui est-ce ?

— C'est justement ce que je voulais te demander… Il a écrit ça dans son carnet de notes avec plein d'envies à réaliser, et depuis que je suis tombée dessus et que je sais que je dois quitter notre appartement, je vis de drôles de coïncidences… J'ai l'impression qu'on attend de moi que je prenne des voies incongrues. Le truc, c'est que tu me connais… Je le suis déjà, incongrue ! Et tout ça ne repose que sur des croyances… Un peu comme lire son horoscope et penser qu'il y a du vrai dedans. On sait que c'est ridicule mais une part de nous y croit un peu… Je te promets que j'ai essayé de balayer l'idée d'être en contact avec…

Ma gorge se serre.

— Bref, je me demande si je dois y croire ou non… Alors je cherche le moindre indice pour m'apporter, je ne sais pas… un genre d'information, tu vois ? Par exemple, est-ce que tu sais si Ewen avait l'intention de se rendre au Mexique ou s'il connaissait quelqu'un là-bas… ?

À cet instant, je réalise qu'une boule dans le ventre me tord les boyaux. Pas tant par peur de la réponse de Gaëlle que d'avoir franchi la limite. De celle qui vous fait culpabiliser d'impliquer des gens dans vos plans galères. Comme lorsque l'on insiste lourdement pour embarquer quelqu'un dans une soirée prétendument géniale, mais que l'on finit par rouler durant des heures sans trouver l'adresse, que le mauvais temps s'en mêle, qu'à l'arrivée les invités sont imbuvables, l'ambiance nulle, et que l'on rentre épuisé au milieu de la nuit, consterné d'avoir impliqué un innocent dans nos choix faisandés... La même sensation... en pire ! Pourtant, Gaëlle n'affiche aucun signe d'inconfort. Elle semble plutôt concentrée, fouillant même dans sa mémoire.

— Hmmm... Je n'ai pas le souvenir qu'il m'ait parlé de quoi que ce soit en lien avec ce pays... Si ce n'est qu'il adorait voyager et découvrir le monde, mais ça, tu le sais déjà...

— Oui...

— Je me souviens d'un de ses dictionnaires français-espagnol qui traînait dans les toilettes du restaurant, mais il s'était aussi procuré l'italien, alors pas certaine que ça puisse t'aider... En tout cas, si je me souviens de quelque chose, je te le dirai.

— Merci, Gaëlle. Tu ne m'en veux pas de t'avoir confié ça ? Je veux dire, après la disparition d'Ewen, on a tous repris notre vie comme on a pu, ça n'a été facile pour personne, j'en ai bien conscience... Alors j'ai peur de remuer des sentiments douloureux et de salir sa mémoire avec mes délires mystiques et mes pseudo-signes...

— Tu sais, on est bretons ! Alors, on a notre lot de croyances. Ma grand-mère priait saint Cornély pour la protection des vaches, elle plaçait un marron dans sa poche pour l'aider à soulager ses rhumatismes, et quand on était enfants, pour nous faire avouer nos bêtises, elle nous menaçait de nous emmener faire passer le test sur la pierre de la Baronnie...

C'est un mégalithe supposé ressentir les mensonges, qui se mettrait à vibrer… Je peux t'assurer qu'on n'a jamais osé lui cacher quoi que ce soit, finit-elle sur un sourire empreint de nostalgie. Et c'est marrant que tu parles de signes parce qu'il y a quelques jours, je lisais ça…

Gaëlle passe derrière le comptoir et revient un magazine à la main.

— Tiens, c'est un article sur la théorie des synchronicités de Jung… me dit-elle en me tendant le papier à lire.

Je me penche sur la page et commence ma lecture.

— « Le concept, élaboré par le psychiatre Carl Gustav Jung, désigne une coïncidence temporelle de deux ou plusieurs éléments sans lien causal et chargés d'un sens identique ou analogue. »

Je lève la tête aussi désorientée qu'au sortir d'une sieste chez des inconnus.

— Je n'ai rien compris…

— Je t'avoue que j'ai essayé de comprendre la définition tout en préparant mes tartelettes et j'ai bien failli rater ma crème pâtissière… Mais continue, plus bas…

Je reprends ma lecture.

— « … ce qui distingue la synchronicité de la simple coïncidence, c'est que ces évènements surgissent au moment où nous en avons précisément besoin, en réponse à des pensées profondes ou à des interrogations existentielles. »

À l'intérieur du salon de thé, la température ambiante est douce, aucun courant d'air n'est à signaler. Pourquoi mes mains se mettent alors à trembler… ?

— « … Les synchronicités, à l'image des rêves, seraient une porte ouverte sur un inconscient collectif. Elles apparaissent pour nous indiquer la route à prendre, et c'est pourquoi il est si important d'être capable de les identifier, de les décrypter, voire de les provoquer… »

Alerte ! Alerte ! Mes oreilles bourdonnent, mes yeux sortent de leurs orbites et je ne peux le garantir à 100 %, mais il me semble que je lévite de quelques centimètres.

— Gaëlle, est-ce que tu y crois ? fais-je comme branchée sur 1 000 watts.

— Je ne sais pas vraiment… En tout cas, je trouve le concept intéressant… Et puis, peut-être que le fait que tu m'aies posé la question aujourd'hui alors que j'ai ce magazine à portée de main était un signe, qui sait ?

Ma belle-sœur me décoche un clin d'œil amical et je lutte ardemment pour réprimer un « C'est sûûûrrr » qui hurle dans ma tête. Je préfère me retirer de peur de me voir bientôt embrasser le plafond tant j'ai la sensation de flotter dans les airs.

— Bon. Je vais rentrer maintenant. J'ai une valise qui attend encore d'être faite. Et même si les maillots de bain ne sont pas ce qui pèse le plus lourd, moi, depuis quelques années, si ! Et beaucoup plus, même… Je vais devoir faire quelques essayages et prier pour qu'un modèle accepte de recouvrir un peu mon fessier.

— Au pire, adopte le naturisme… ajoute-t-elle en plaisantant.

— Oh, Seigneur ! Me mouvoir nue comme un ver à proximité de cactus à foison ?! Le risque de finir en poupée vaudoue ne serait-il pas un peu trop grand ?

Gaëlle prend un temps, comme pour s'interroger sérieusement sur la question.

— Emporte avec toi une combinaison de ski ! Tu auras trop chaud mais au moins tu éviteras de te transformer en tapis de fakir, finit-elle par conclure avec malice.

Je termine ma dernière bouchée de roulé à la crème de pavot, et après avoir chaleureusement embrassé mon ex-belle-sœur, j'hésite à me rincer la bouche avant de reprendre la route. Puis je me ravise. Mes deux jambes sont bien vissées au sol, je ne vais donc finalement pas faire le retour à travers les nuages. Un rapide coup d'œil à ma montre m'indique qu'à cette heure-ci, le métro risque d'être noir de monde. Je peux toujours mettre à profit mon manque de dignité et mon sourire moyenâgeux pour effrayer les utilisateurs, et ainsi obtenir une place assise.

Après tout, le ridicule ne tue pas et pourra peut-être m'offrir un strapontin…

20

¡Hola Mexico!

Après presque dix heures d'avion, je suis enfin arrivée sur le sol mexicain. Cependant, quand je dis dix heures, je me fie surtout aux horaires inscrits sur mon billet. Dans les faits, des heures de vol, je n'en ai fait que deux. En conscience, je veux dire. Juste le temps d'un petit tour aux toilettes et l'ingestion d'une mélasse supposée être de la purée de pommes de terre. Je soupçonne d'ailleurs les compagnies aériennes de mettre un gaz anesthésique dans l'habitacle pour nous assommer, et ainsi annihiler toute revendication quant aux repas proposés à la classe éco.

Avec Louis-Gontran, nous avons regagné l'hôtel aux alentours d'1 heure du matin. J'ai aussitôt rejoint ma chambre pour retrouver la position horizontale. Mon corps ne s'est pas opposé à cette proposition et s'est endormi dans la foulée. Maintenant, avec les sept heures de décalage horaire en sens inverse, me voilà les yeux ouverts avant même les premières lueurs du jour. Pour l'occasion, j'ai donc décidé d'aller voir le soleil se lever. Pendant que le café coule, je traînasse dans la chambre avec un sentiment de satisfaction qui m'emplit le corps et l'esprit. J'ai eu raison de suivre mon instinct… Ou mon intuition… Ou encore les signes de là-haut… Appelons ça comme on voudra. Je me sens déjà revigorée.

J'emporte avec moi ma tasse d'americano à la plage, située à quelques mètres de la chambre. Personne à l'horizon, seule face à l'immensité de l'océan, je m'assois pour contempler les couleurs qu'offre l'arrivée du *zama*, et croyez-moi, elles sont enivrantes. Bien sûr, il y a quelques minutes encore, je ne savais pas ce que voulait dire *zama*. Mais la brochure déposée sur ma table de chevet m'a indiqué que cela signifie « lever de soleil » en langue maya. Je me languis déjà du moment où je vais pouvoir étaler mon micro-savoir à Louis-Gontran… En espérant, bien sûr, qu'il n'ait pas eu la curiosité de lire le même fascicule touristique.

— Merci, Ewen. Merci de m'avoir poussée à venir ici… Il n'y a rien de plus beau… Je ne sais pas de quelles pyramides tu parlais, mais j'irai te montrer celles qu'offre le Mexique… fais-je en murmurant, tout en absorbant une gorgée de ma boisson.

Je savoure le décor autant que mon café quand une voix d'homme aux inflexions québécoises vient perturber ma dégustation des sens.

— C'est magnifique, hein…

Je tourne la tête en direction de l'intrus mais je suis aussitôt prise de vertiges. La faute au combat que mène mon cerveau pour assimiler ce qu'il voit. L'espace de quelques instants, la bataille fait rage car mon mental refuse d'admettre l'improbable, mais il doit se rendre à l'évidence. Et celle-ci est plus qu'insensée : je suis nez à nez avec un pénis. Ou plutôt devrais-je dire « nez à pénis ». Heureusement que je suis assise, sans quoi je serais tombée à la renverse. Encore que, si j'avais été debout, je n'aurais pas vécu une telle proximité avec cet organe. Après un temps qui m'a semblé infini, je réussis à voir le visage de l'homme qui se cache derrière l'asperge et constate de mes yeux exorbités qu'il ne se sent pas gêné. Au contraire, malgré sa nudité totale, il reprend la conversation avec un naturel et une détente déconcertante.

— C'est dans ces moments qu'on se dit qu'on est vraiment connecté avec les éléments de la nature, pas vrai ?...

C'est-à-dire que pour ma part, je me serais bien passée de me connecter avec certains éléments de sa nature... me dis-je mentalement.

— On se sent si libre...

Je me sens plutôt prise au piège là...

— ... léger...

Ah c'est marrant, moi je me sens plombée, littéralement !

— ... comme libéré de tous ces poids qu'on nous oblige à porter toute l'année...

Des vêtements ! On appelle ça des vêtements ! On ne lui demande pas de porter une cotte de mailles ou une armure en fer forgé, juste un petit slip de bain !

— D'ailleurs, tu ne veux pas enlever tout ton tissu, là ?

OK ! C'en est trop pour moi. Je me lève d'un bond, tremblante, renversant au passage ce qui me reste de café sur mon short. Le Québécois éclate de rire.

— Ah ! Ça, c'est la nature qui te passe le message qu'il faut que tu retires ton linge qui te gêne !

Non, c'est mes mains qui m'indiquent que mes nerfs ne répondent plus de rien.

— Je vais plutôt aller prendre une douche, dis-je avec précipitation tout en m'enfuyant.

— Elle est là, ta douche ! hurle-t-il le sourire large, en désignant l'océan.

Oh mais faites taire cet asticot humain !

Je n'ai plus que quelques mètres à faire afin de regagner ma chambre, changer de tenue et avertir la direction de l'hôtel qu'un pervers rôde à proximité du site. Pourtant, me voilà stoppée dans mon élan. La faute à un spectacle lunaire qui se joue devant moi. Mon monde vire au cauchemar. Je suis à deux doigts de vaciller ! Autour de la piscine, dans l'allée, sur les transats, partout, des gens tout nus ! Tout nus, tout nus ! Pas même un petit string ficelle ou une feuille de vigne pour cacher toutes ces parties intimes qui s'affichent éhontément à la vue de tous ! Je repense aussitôt à Gaëlle et à sa proposition de me mettre au naturisme… Nom d'un crabe à trois pattes, c'était censé être une plaisanterie, pas une prédiction ! Finalement, mes jambes chancèlent et j'ai besoin de m'appuyer contre le charriot à serviettes.

— Excusez-moi, vous permettez ?

Un autre monsieur vient de m'approcher dans son plus simple appareil pour se saisir d'un drap de bain. Mais pourquoi il ne s'emmitoufle pas avec ?!

Je rassemble le peu d'énergie qu'il me reste et fonce rejoindre Louis-Gontran. J'ai besoin d'explications, et vite !

J'arrive à la porte de sa chambre, et bien qu'il ne soit que 7 h 30 du matin, je tambourine du plus fort que je peux. Mon collègue m'ouvre rapidement.

— Ah, Camille. Toi aussi, tu es déjà réveillée ?

— Hélas ! Je préférerais d'ailleurs ne pas l'être pour avoir ainsi une chance de me réveiller de ce cauchemar. Tu sais exactement où nous sommes, pas vrai ?

— Bah oui, au Mexique…

— Arrête ton char, Balthazar ! Je te parle de cet hôtel ! Tu savais que c'était un hôtel naturiste ?!

— Alors… Non. Ce n'est pas vraiment ça…

— Oh, tiens ! Donc tu as signé un contrat pour tourner la promotion d'un lieu sans connaître l'information la plus déterminante qui définit ce genre d'endroit ?! Il s'agirait d'arrêter ton pipeau, Narvalo !

Ne me demandez pas ce qui me prend avec ces expressions. Elles ne m'appartiennent pas ! L'air iodé peut-être. Ou le pic d'adrénaline causé par tous ces fessiers observés en moins de quelques minutes.

— Ce n'est pas complètement un *resort* naturiste…

— Bah voyons ! Et tous ces culs-nus que j'ai vus autour de la piscine, c'est probablement le fruit de mon imagination ? Une hallucination peut-être ? Une réaction au café mexicain ?!

— En fait… c'est un hôtel libertin…

Louis-Gontran me regarde sans plus un mot, une expression embarrassée sur le visage. Pour ma part, j'ai entendu un craquèlement dans ma boîte crânienne.

— Un qu-oi ? dis-je péniblement en déglutissant.

— Un endroit destiné à une clientèle avertie…

— Ah mais il est là, le problème ! Moi, je ne suis ni cliente ni avertie ! Pourquoi tu ne m'as pas dit où je mettais les pieds… ?

— C'est-à-dire que ce n'est pas facile d'annoncer qu'on va faire un tournage dans un hôtel où les gens se baladent à poil et peuvent se mettre à copuler à tout instant, me lâche-t-il beaucoup trop détendu.

— Comment ça, copuler ?! fais-je effarée.

— Enfin, Camille… Je viens de te dire que c'est un club coquin… Les gens viennent ici pour être nus, mais aussi et surtout pour faire leurs petites affaires comme bon leur semble.

Louis-Gontran me parle comme si c'était évident qu'assister à une partie de jambes en l'air au détour d'une cession de squats était normal. Heureusement pour moi, je ne fais pas de squats.

— Mais rassure-toi, il y a tout de même des règles. Au restaurant, les clients doivent venir habillés et le gérant de l'hôtel nous a demandé de filmer la journée. Apparemment, les parties festives ont davantage lieu le soir et la nuit…

— « Davantage » ? Donc la possibilité de voir des couples s'envoyer en l'air au petit déjeuner n'est pas exclue ?

— Des couples, des trouples, des quatuors… ose-t-il avec goguenardise.

— Je te demande pardon ?!

— Tu sais… Les gens payent cher pour séjourner ici et vivre leur expérience à fond. Entre adultes consentants…

— Sauf que personne ne m'a demandé mon consentement à moi ! Et, oh surprise : je ne suis pas consentante !

— Ne t'en fais pas, reprend-il sur un ton qui se veut sûrement rassurant. On est ici pour travailler, les gens ne vont pas te faire de propositions sexuelles… Ou s'ils le font, ce sera demandé poliment et tu déclineras…

— Poliment ?! Ça veut dire quoi au juste ? « Excusez-moi, mademoiselle, auriez-vous la courtoisie de participer à notre partouze ? » Mais tu te fiches de moi, c'est ça ? Crois bien en ta bonne étoile, Louis-Gontran le dégoûtant, car si j'avais eu de la sauce chili entre les mains, elle aurait directement atterri dans tes yeux !

Ou alors dans les miens pour ne plus voir mon environnement !

— Je suis vraiment désolé, Camille. J'aurais dû te prévenir avant, mais je craignais que tu refuses. La vérité, c'est qu'aucun assistant réal n'est tombé malade. Avant toi, plusieurs de mes contacts ont décliné, rapport à leur conjoint qui n'était pas très chaud pour les laisser partir dans un endroit pareil… Et mon seul collègue célibataire n'était pas dispo…

— Tu t'es donc dit que te rabattre sur ton ancienne camarade de classe, croisée au détour d'un troquet, était la meilleure option ?!

— C'est juste l'affaire de quelques jours… Et puis au-delà de quelques fesses à l'air, le site est beau. Tu vas pouvoir profiter de la mer, du soleil. Allez, Camille, admets que c'est plutôt rigolo comme situation. Prends ça comme une expérience…

J'observe mon collègue sans un mot, mais intérieurement je fulmine. J'ai bien envie d'opérer un demi-tour sur-le-champ, direction Paris, mais la perspective de ne pas respecter mes engagements professionnels (même s'il s'agit d'un traquenard) peut me dévaster encore plus fort que la vue de ces postérieurs un peu trop libérés.

Je finis par me résigner.

— Je vais prendre mes cartes SD et les charger ! À quelle heure commence le tournage ? reprends-je bougon.

— On a rendez-vous dans deux heures avec le directeur pour un repérage des lieux.

— Entendu, Louis-Gontran… fais-je sur un ton d'employé administratif.

— Oh, tu peux m'appeler par mon diminutif, tu sais… C'est Louis-G.

Mon collègue vient de prononcer son surnom avec un piètre accent italien, et son air fier et satisfait a le don de m'agacer davantage encore.

— Luigi ? Comme le frère de Mario Kart ? demandé-je, acerbe.

— Heu… Oui, entre autres… répond-il un peu déstabilisé.

— OK, Luigi. Alors, à tout à l'heure… Et méfie-toi des coquilles vertes, il y en a beaucoup au-dessus de ta tête, fais-je en lui désignant le cocotier à proximité.

Mon partenaire met un temps à saisir ma référence au jeu vidéo, mais je lui accorde que mon ton placide n'a pas aidé.

— Ah oui, les coquilles, la noix de coco… Ah ah ah. Pas mal, la blague, pas mal, ment-il.

— Ne te force pas à rire, elle n'était pas excellente, répliqué-je de façon monocorde et lapidaire. On se voit dans deux heures.

Je tourne les talons en pilotage automatique et décide de digérer la pénible nouvelle sur la plage.

Bien que j'appréhende de retourner sur les lieux du crime, j'ai vivement besoin de grand air.

Une fois sur place, pas de corps nus à l'horizon. Ils doivent tous être au petit déjeuner. Je me laisse tomber sur le sable.

— Bon, Ewen, il faut qu'on parle… Je croyais que tu m'avais poussée à venir ici pour comprendre quelque chose, pour trouver une réponse à ce « J » qui me rend dingue depuis des semaines, mais de toute évidence, je me suis plantée. Pourquoi tu m'aurais envoyée ici, moi qui suis tout sauf exhibitionniste ?! Et puis, je ne sais pas si de là-haut tu t'en rends compte, mais j'ai pris pas mal de kilos… Alors l'idée d'afficher ma cellulite et mes bourrelets à la vue de tous ne fait pas franchement partie de mes envies du moment… Alors quoi ? Pourquoi ce voyage ? Hein ? S'il te plaît, envoie-moi un signe… Dis-moi quelque chose… Tu m'entends quand je te parle ?

À cet instant, j'espère ardemment voir passer une mouche, mais rien ! Pas un insecte aux alentours. Je sens une chape de plomb s'abattre sur moi. Je me recroqueville. Je ne suis plus qu'une masse informe déposée sur le rivage. Je ne bouge plus quand mes yeux croisent ceux d'un goéland qui semble d'une humeur aussi exécrable que la mienne. Alors qu'un peu plus loin, ses semblables font des rondes en équipe, lui vient se poster à proximité, sur la même ligne que moi. Beaucoup plus gris que ses congénères et dépourvu de cou, il donne l'impression d'un volatile grossièrement dessiné. Un prototype qu'on n'aurait finalement pas gardé. Il fixe l'horizon et semble blasé de son sort. Se trouve-t-il moche ? S'interroge-t-il sur une vie meilleure qui l'attendrait au-delà des mers ? Qui sait, peut-être que lui aussi en a marre des plages naturistes...

— Ne cherche pas ! lancé-je au volatile. Ailleurs, ce n'est pas mieux, mon Jojo... Tu permets que je t'appelle Jojo ? C'est comme ça, tu sais... Il y a des gens pour qui la vie est moins facile...

Le goéland lâche des yeux l'océan et incline légèrement la tête en ma direction comme pour m'écouter.

— Après, attention... Ne te méprends pas. Je ne suis pas du genre à vouloir miner le moral des autres. En plus, toi t'es un oiseau, tu peux t'évader plus facilement. Je dis juste que, quand on se sent seul et pas à sa place, même à l'autre bout du monde, c'est pareil. Il faut juste essayer d'apprendre à vivre avec. Après, je n'ai pas de conseils à te donner, tu sais, Jojo, moi aussi je galère, fais-je avec empathie.

Le goéland amorce alors un démarrage rapide en ma direction et s'arrête net pour me beugler dessus.

— Oh ! fais-je scandalisée. Je ne parle pas le goéland, mais ce ton que tu emploies a quand même un petit goût de « ferme ta gueule », tu sais ? Je voulais juste qu'on s'entraide un peu entre individus tristes, c'est tout...

Jojo me gratifie d'un regard désabusé, et de ses petites pattes trapues et malhabiles, il rebrousse chemin pour reprendre sa place et fixer de nouveau son avenir incertain.

Passé la vexation, j'en fais autant. Puis, je jette un dernier coup d'œil au volatile et je me dis que, même sans cou et court sur pattes, je prendrais volontiers sa place, pourvu que ses ailes m'emmènent loin d'ici...

21

Cinq jours que je suis sur place et, croyez-le ou non, j'en suis presque venue à m'habituer à mon environnement débridé. Évidemment, je continue de porter haut et bas de maillot de bain, mais je ne suis plus sur le point de tourner de l'œil à chaque fois que je sors de ma chambre. L'être humain s'habitue à tout, dit-on… J'imagine que c'est probablement vrai. Cependant, les deux premiers jours de tournage ont été épiques. C'est que j'invite tout le monde à essayer de réaliser une vidéo promotionnelle chic et glamour, en évitant de voir surgir dans le champ des vacanciers nus et plus que décomplexés… Le tout en ne filmant que d'un œil, bien sûr (l'autre restant fermé un maximum pour essayer de se préserver de trop d'images traumatiques).

Afin d'illustrer le concept de son établissement, le directeur de l'hôtel avait prévu l'intervention de deux comédiens-mannequins, Markus et Karina. Deux apollons d'une vingtaine d'années, aussi proches du physique mexicain que moi d'une Latine. Et pour cause, l'un est allemand, l'autre italienne. Sur ce choix, je veux bien entendre que le concept hôtelier n'est pas directement à destination des locaux, la clientèle étant principalement internationale. Mais pour le reste, il n'est en rien représentatif de ce que j'ai pu y rencontrer. La majeure partie des touristes ont, pour les plus jeunes, la quarantaine bien tassée. Et pour ce qui est de leur physique (et croyez bien que je me garderai bien de juger, moi-même me faisant l'effet d'une tirelire sur pattes), il faut tout de même reconnaître que, si Markus affiche une tablette de chocolat, côté clients, elle a davantage été mangée... En voyant la vidéo, si de potentiels vacanciers s'attendent à croiser Brad Pitt et Angelina Jolie (ou Justin et Hailey Bieber pour les plus jeunes), ils risquent d'être passablement déçus. Ici, les corps ont vécu leur vie de corps. Certains avec un peu d'excès ou de paresse, mais ils *sont*, ils n'ont plus rien à prouver. Pour autant, la publicité étant mensongère depuis sa création, nous avons donc filmé des séquences de nos deux prétendus amoureux... Et « prétendus » est le mot juste. Markus venant de célébrer son mariage avec un certain Théodor, nous voilà dans une parfaite mise en abyme du mensonge. La caméra a néanmoins sublimé ces deux individus, s'enlaçant langoureusement sur la plage, buvant des cocktails tout en délicatesse, paressant sur des lits à baldaquin, vêtue d'un voile en transparence pour madame et d'un micro-slip de bain pour monsieur (je n'en demandais pas plus aux résidents). Une fois les temps de tournage terminés, il s'entend que j'ai le plus possible quitté l'hôtel pour élire comme quartier général un petit restaurant de plage qui m'a vue faire la dégustation de tous les cocktails, tacos et autres tortillas inscrits sur la carte.

C'est donc ici encore que je finis ma journée pour célébrer, à grand renfort de shoots de téquila, mon seul vrai jour de congé, qui s'est avéré délicieux.

Cet après-midi, j'ai profité d'être complètement libre pour aller visiter les ruines mayas de Tulum… Une cité fondée en 564. C'était époustouflant et je reviens avec une collection de photos énorme – j'en ai presque autant que ma mère qui mitraille tout ce qu'elle voit dès qu'elle met un pied dehors. Mon collègue de travail ayant préféré profiter de sa journée pour aller faire du shopping, c'est sur le barman que retombe mon besoin de partager ma visite.

— … et ça, c'était le nom originel du site. Mais vers 1922, un archéologue, dont je ne me rappelle plus le nom, l'a rebaptisé « la cité de l'aube ». C'est dingue, hein ? Vous avez vraiment une culture incroyable, fais-je haletante, en sentant mon corps se réchauffer instantanément. Dites donc, même le soir il fait très lourd dans votre pays…

Le barman esquisse un sourire plus fatigué que poli. Il faut dire que je lui rebats les oreilles depuis un moment sans doute trop long… Les effets de la téquila, qui commence à me picoter dangereusement le sang, me donnent la parlote et surtout l'illusion que mon espagnol est parfaitement compréhensible alors que j'ai fait allemand LV2.

— Vous savez, c'est grâce à un contrat où des gens sont tout nus que je suis ici… Et aussi grâce à mon ancien petit ami… Enfin ça, c'est loin d'être sûr, dis-je en essayant de paraître lucide, alors que j'ai en face de moi l'homme le plus au courant de mon degré d'alcoolémie vu qu'il en est le serveur. En tout cas, c'était iiiincroyable. Pfiou, elles sont costauds, vos téquilas, hein…

— Voulez-vous une quesadilla ? Je pense que vous avez besoin de manger quelque chose.

— Oh, une quesadilla… Ewen voulait en cuisiner ! Comme quoi il n'y a pas de hasard.

— C'est assez commun au Mexique…

— Pas faux… Mais hein, bon, voilà, voilà quoi… Waouh ! Vous êtes sûr qu'il n'y a rien de plus dans vos verres ? Je ne suis pas une ivrogne mais en temps normal, je tiens un petit peu mieux l'alcool que ça… Et là, d'un coup, paf !

— Vous avez le visage et les épaules très rouges, je pense que vous avez fait une insolation…

— Ah ! Très possible. J'ai oublié mon chapeau, et parcourir un site archéologique dépourvu d'ombre par 40 degrés, ça peut causer des dégâts… Surtout quand on a passé les trois dernières années terré chez soi comme une… comment vous dites ? Une cucaracha ?

— Vous avez trop pris le soleil… C'est pour ça que l'alcool vous monte si vite à la tête… Buvez de l'eau. On va vous apporter une quesadilla…

— Je ne pourrais pas plutôt la cuisiner avec vous ? J'en ai mangé un paquet mais je n'en ai pas encore préparé… Ce serait pour cocher « fait » sur la liste des envies d'Ewen. Je vous ai déjà parlé de lui ?

— On va plutôt la préparer pour vous…

— Hmmm… Bon, j'imagine qu'Ewen consentira que c'est pareil… Et, je me répète mais cette téquila est quand même sacrément costaud ! fais-je en rebond sur un hoquet impossible à retenir.

* * *

La nuit est déjà tombée quand, après deux excellentes quesadillas au fromage et quelques verres d'eau, je regagne ma chambre d'hôtel. Les yeux mi-clos, il va sans dire ! Je ne suis plus qu'à quelques mètres de l'arrivée quand, dans la pénombre, deux arbustes relativement secs m'interpellent. Leur forme est pour le moins intrigante. Au sommet, les feuilles semblent fraîches mais le tronc m'apparaît aussi racorni qu'incongru. Prise d'une nouvelle passion pour la végétation (datant d'au moins une minute et quarante-cinq secondes), je ressens l'urgence de m'en approcher de plus près. Et comme seuls les états alcoolisés savent vous faire prendre des décisions absurdes, je m'improvise alors botaniste et me décide à toucher cet étrange vieux bois mort. Bien que de couleur brune, pétrie de marbrures, de callosités et autres recoins rugueux, ce que je tâte n'est pourtant pas de l'écorce, mais bel et bien de la peau… et vivante ! Et cette peau se retourne ! Je pousse alors deux grands cris. Le premier étant évidemment provoqué par la surprise de voir s'agiter des troncs d'arbres, le second de voir que ces troncs d'arbres ont des seins pour l'un et un pénis (encore !) pour l'autre. Particularité de mes deux souches séchées, elles possèdent chacune un piercing aux endroits susnommés plus haut. Il n'en faut pas plus à mon corps pour démissionner. Je le sens tanguer, prêt à s'écrouler.

— Oh, *sweetie* ! Ça va aller. Asseyez-vous au sol, on va chercher de quoi vous hydrater, distingué-je au loin, malgré ma proximité avec ces arbustes humains.

Il se passe quelques minutes pour que l'eau sucrée que l'on m'a fait boire me fasse reprendre mes esprits. Alors je comprends enfin. Ce que j'ai pris pour des buissons était en fait un couple d'octogénaires à la peau burinée par trop de soleil, coiffés tous deux d'un chapeau en feuilles de palmier naturelles, qui contemplaient la vue, immobiles.

Seigneur, Marie, Joseph ! Je jure solennellement de ne plus toucher à une goutte d'alcool. Ou au moins à un arbre, quand je bois…

— Comment allez-vous ? me demande la petite dame.

— Mieux, je crois…

— Et alors, les petites Françaises sont toutes si émotives ? Car vous êtes bien française, n'est-ce pas ? reprend-elle, amusée.

— Oui, c'est ça… fais-je encore sonnée.

Je peine à intégrer la situation mais il faut que je me ressaisisse.

— Pardon… Vraiment. Désolée de vous avoir touchés, je ne sais pas ce qui m'a pris… Apparemment, je ne tiens pas bien la téquila mexicaine.

Il est évident que je préfère qu'on me prenne pour une petite chose fragile succombant rapidement aux effets de l'alcool, plutôt que d'avouer que j'ai confondu ces deux-là avec des palmiers en fin de vie.

— Oh, ne vous en faites pas, on est habitués à être touchés ici… surenchérit-elle.

Aussitôt, mes joues se transforment en charbon incandescent. Ont-ils interprété mon geste comme une tentative de les embarquer dans une partie fine ? Heureusement, son partenaire intervient et désamorce le moment gênant.

— Enfin, on *était* habitués. Ça fait maintenant une paire d'années que la seule chose qui vient se frotter contre nous, c'est une serviette de bain, réplique-t-il sur un éclat de rire.

Malgré son faciès plein de rides, la femme lance, à celui que j'imagine être son époux, un regard empli d'une coquinerie assez troublante…

— Et bien sûr, il y a aussi toi, ma douce, poursuit-il amoureusement, avant de se tourner de nouveau vers moi. En tout cas, ravis de faire votre connaissance. On se présente, Brandon et Brenda. Mais tout le monde nous appelle « B and B »…

— Brandon et Brenda…

J'ai face à moi le couple le plus atypique qui soit (même Maddy et Nicolas ne font pas le poids). En plus d'une originalité dans le look, les prénoms prêtent à sourire. Évidemment, vu leur âge, on ne peut même pas soupçonner leurs parents d'avoir été influencés par la série *teenage* des années 1990 *Beverly Hills*.

Mais qui sont donc ces deux énergumènes ?

— Enchantée, moi c'est Camille.

Brenda me sourit, et enchaîne.

— Vous êtes ici pour un tournage, n'est-ce pas ? On vous a vue avec votre collègue ces derniers jours…

— C'est bien ça… On repart dans quarante-huit heures…

— Oh déjà ? Quel dommage, on adore la France et les Français… On y a passé combien de temps ? demande-t-elle à son mari sans attendre la réponse. Deux ans, je crois, peut-être trois…

— C'est ça… Sacrée époque, tu te souviens ? L'Ariège…

— Vous connaissez l'Ariège ? Et vous parlez très bien français… Mais vous venez d'où ?

— Oh, on est de bons vieux Américains… mais aussi de bons vieux hippies. On a bien connu cette région, parce qu'on a fait partie d'une communauté là-bas, dans les années 1970. Mais on a surtout crapahuté partout dans le monde, alors on se débrouille un peu dans toutes les langues…

— Oh, c'est fascinant…

Résumé des faits : j'ai pris deux êtres humains pour de la végétation, et maintenant je papote le plus naturellement du monde avec les souches de bois les plus vivantes qu'il m'ait été donné de rencontrer, tout en acceptant le torticolis qui ne manquera pas de débarquer demain, tant je force sur les tendons de mon cou pour le garder le plus haut possible, évitant ainsi du regard des parties intimes qui s'agitent bien trop près de mon visage.

— Vous semblez avoir repris un peu de couleurs, *honey*, voulez-vous qu'on vous raccompagne à votre chambre ? m'interroge Brandon sur un ton bienveillant.

— Non, je vous remercie, ça ira. Je vais nettement mieux.

— Parfait, dans ce cas, on vous laisse. Mais puis-je vous demander une faveur avant de partir ? demande Brenda.

Étant donné que je les ai tripotés comme de vulgaires ficus, il va sans dire que la réponse est un oui d'avance.

— Je vous écoute…

— Acceptez de dîner avec nous demain soir. Et proposez à votre ami de se joindre à nous. Ça nous rendrait vraiment très heureux de parler de nouveau en français et d'échanger autour d'un bon verre de vin…

Aussitôt, mon cerveau m'envoie tous les scénarios possibles mais celui dans lequel B and B tentent une approche sexuelle n'en fait pas partie.

— Entendu, fais-je en me redressant sur mes deux pattes encore un peu chancelantes. Avec plaisir.

— Oh, formidable…

— Alors à demain…

— Absolument… *See you, darling*…

Malgré la nuit qui a déjà recouvert le décor de sa pénombre, le couple reprend le chemin de la plage. J'impose à mon mental d'éviter de se demander pourquoi…

Arrivée à la porte de ma chambre, c'est un Louis-G fringant qui m'interpelle.

— Oh Camille, j'allais justement taper à ta porte. On n'a pas encore passé une seule soirée ensemble. Ça te dirait qu'on aille boire un verre ?

— Oublie l'idée, j'en ai déjà bu une dizaine. En revanche, j'ai reçu une invitation. On a un dîner prévu demain soir…

— Un dîner ? Avec des gens d'ici, tu veux dire ?

Malgré sa tentative de poser la question le plus innocemment du monde, l'essai est infructueux. Louis-G peine à masquer son excitation. Je n'ai pas besoin d'être dans sa tête pour me figurer les images coquines qui y défilent déjà. La voilà, ma petite revanche. En m'amenant ici, tu ne m'as pas dit toute la vérité, bougre que tu es, je me sens donc légitime d'en faire autant.

— Absolument… Brandon et Brenda… Un couple adorable. Hyper charmant… Je suis certaine que tu vas les adorer… dis-je de ma voix la plus lascive.

— Ah mais, si tu le dis… J'en suis persuadé. J'en suis persuadé…

Ravale ta salive, l'endive, elle dégouline le long de tes babines…

— Bon. Eh bah super. En attendant la soirée de demain, je vais aller me reposer maintenant…

Un ange passe. Louis-Gontran n'a toujours pas bougé d'un iota et je suis sur le point de lui fermer la porte au nez, tant je l'ai laissé songeur. Cependant, une dernière question me taraude.

— Au fait, tu m'as bien dit qu'au restaurant de l'hôtel, tout le monde doit venir habillé ?

— Heu… Oui, c'est bien ça, réussit-il à formuler en revenant à lui.

— Parfait. Alors on a bien un dîner demain soir…

22

Depuis deux heures, en compagnie de mon camarade de travail et de B and B, je me délecte, littéralement. Autant du repas que de la tête de Louis-G qui continue de se momifier à vue d'œil. En découvrant le couple avec qui nous allions dîner, la déception de ce dernier a été à la hauteur de ses espérances. Je ne peux le garantir avec certitude, mais à l'avoir vu tripoter nerveusement son téléphone, j'ai bien cru qu'il allait prétexter un rendez-vous de dernière minute. Mais n'ayant ni amis ni famille sur place, il aurait été difficile d'accepter l'excuse de s'éclipser pour aller consoler un lézard en peine de cœur. De mon côté, je continue de savourer ma petite revanche. D'autant qu'elle a tout pour m'amuser. En effet, pour la soirée, le couple a opté pour une tenue des plus comiques. Si dîner dans son plus simple appareil au restaurant de l'hôtel n'est pas autorisé, il n'est pas interdit de s'en approcher. B and B ont donc enfilé deux t-shirts XXL aux imprimés de corps nus. Mais pas n'importe lesquels. De ces corps dessinés qui affichent des pectoraux et des abdominaux proéminents pour monsieur, et pour sa version féminine, une taille de guêpe et une poitrine si opulente que ces volumes n'existent que dans les cartoons (ou sur les photos de profil Instagram ayant abusé des retouches). Ces improbables silhouettes imprimées, flottant sur leurs corps à la peau flétrie et émaciés, offrent un contraste détonnant. On ne peut nier que ces deux-là ne manquent pas d'humour… Leur compagnie est fort agréable et je ne regrette pas d'avoir accepté leur invitation.

— Ce vin argentin ne vaut pas le nôtre, fais-je, chauvine, tout en terminant avec avidité mon verre, mais il faut reconnaître qu'il n'est pas mal.

— C'est vrai qu'en France, vous avez les meilleurs vins mais accordons aux Argentins qu'ils savent se débrouiller, poursuit Brandon avec décontraction.

— C'est bien vrai. Tu en penses quoi, toi, Louis-Gontran ? dis-je tout en découvrant un individu bien plus proche de se noyer dans son verre que de le boire.

— Oui, il est très bon… Vous avez fait le bon choix, répond-il avec le tonus d'une asperge en conserve.

— Merci, c'est très aimable à vous, poursuit Brenda avec un sourire si « américainement » maîtrisé qu'on pourrait penser qu'elle y croit.

Évidemment, B and B ne sont pas dupes. Au vu de l'endroit où nous nous trouvons et des regards d'envie que lance mon collègue aux tables accueillant des couples de moins de cinquante ans, il ne fait aucun doute que mon petit menteur aimerait se trouver ailleurs. Je trouve d'ailleurs plutôt triste qu'il ne réussisse pas à trouver de l'intérêt aux récits de voyages de ces globe-trotteurs aux mille vies.

— En tout cas, je suis ravie d'avoir passé ce moment en votre compagnie, fais-je sincère. Vous avez vécu tellement de choses… C'est fou. À côté de vous, j'ai l'impression que je viens de naître.

— Oh, mais c'est aussi l'époque qui voulait ça… poursuit Brandon. On prônait la liberté, le rejet de la société de consommation, on était engagés dans nos croyances mais aussi beaucoup plus rêveurs et utopistes… C'est ce qui nous donnait moins la peur des lendemains et l'envie de parcourir le monde… Mais croyez bien que tous les soixante-huitards n'ont pas fini leur vie dans un van, à fumer de la marijuana… Tenez, votre téléphone par exemple… Voici la démonstration parfaite d'un hippie qui a plutôt basculé dans un capitalisme outrancier…

— Mon téléphone ? C'est-à-dire ?

— Steve Jobs ! Il a fortement été influencé par le mouvement hippie. Et s'il a baptisé sa société « Apple », c'est en référence à une ferme communautaire qu'il a longtemps fréquentée quand il était étudiant, et dans laquelle on cultivait des pommes.

— Steve Jobs ? Sérieusement… ?

— Absolument… Et d'ailleurs, certains ont pensé que le logo de la pomme croquée était une référence à Ève, alors que pas du tout… C'est simplement parce que la pomme entière ressemblait un peu trop à une tomate.

— Vous imaginez la marque préférée des geeks s'appeler « Tomatoe » ? ajoute Brenda en riant.

Je prends un temps de réflexion pour considérer la chose. Si le gourou du high tech a un temps porté des chemises à fleurs et consommé quelques substances illicites, il n'a jamais oublié d'être visionnaire. Qui voudrait s'associer à une marque dont l'image est représentée par un légume utilisé pour afficher son mécontentement ?

D'ailleurs, quand on y réfléchit, pauvres tomates... Avec un peu plus de vin encore, je pourrais autoriser mon esprit à aller plus loin (arf !), et y voir une discrimination potagère.

— Bien, maintenant que diriez-vous d'un petit bain de minuit ? enchaîne Brandon.

À cette proposition, mon voisin de table, qui transpirait l'énergie désespérée d'un condamné à mort, semble soudainement traversé d'un regain de vitalité. Le voilà qui se redresse d'un bond, mais bien moins mué par un enthousiasme soudain que par l'urgence de s'extraire de la situation et fuir.

— Alors, moi, c'est-à-dire que je suis un peu fatigué. Je pense que je vais aller me coucher, tente-t-il.

— Oh non, tu ne vas pas faire ça. C'est trop dommage, voyons, c'est notre dernière soirée ici, dis-je en surenchérissant diaboliquement.

— Mais oui, venez vous baigner avec nous. C'est une expérience à ne pas manquer... ajoute Brenda.

— Et l'océan va vous vivifier ! Vous repartirez en France plus jeune d'au moins dix ans, poursuit Brandon.

Je lance un regard du coin de l'œil à mes deux complices. De toute évidence et sans connaître mes intentions, les Bonnie and Clyde de Woodstock se sont rangés de mon côté afin d'assouvir ma vendetta. En revanche, pour ce qui est de leur secret de jouvence, j'ai plus de mal à me figurer des bénéfices réels.

— Louis-G… Un bain de minuit au Mexique ?! Tu ne peux pas rater ça !

Mais quel est cet esprit malin qui a pris possession de mon corps et m'offre autant de plaisir à torturer ce pauvre Louis-Gontran ? Car il est évident que je ne le fais pas de mon plein gré. Jamais, moi, Camille, ne me montrerai aussi prompte à malmener quelqu'un…

— Je ne crois pas, vraiment… fait mon collègue en m'envoyant des signaux de détresse par l'intervention de ses pupilles.

— Allez, dis ouiiiii…

Tiens, je suis peut-être démoniaque en fin de compte.

— Je… C'est qu'en fait… Non, vraiment… Je ne peux pas… Il faut que j'aille… faire caca… !

J'enregistre à peine la teneur du prétexte improbable qui vient d'être donné, que mon collègue a déjà déguerpi, plus rapidement encore que la taupe de Valérie, c'est dire…

— Oh ! Il n'avait vraiment pas envie de poursuivre la soirée avec nous, s'amuse Brandon.

— Ou peut-être qu'il a vraiment mal au ventre, lance Brenda sur fond d'inquiétude, avant de décocher un regard rieur à son époux.

— Bien. Allons nous baigner maintenant. En route, *sweetie*…

Le couple infernal vient d'amorcer un lever de table tandis que je réalise tout juste ce qui m'attend. Muée par mon petit esprit revanchard, j'ai oublié un détail de la plus haute importance : je n'ai, moi non plus, aucune envie de me mettre nue pour aller barboter dans la mer avec Timon et Pumba ! Mais comment puis-je refuser maintenant ? J'avance comme un automate, forçant mon cerveau affolé à trouver une issue, mais rien ne me parvient. Ou plutôt, si ! Et la seule idée qui daigne traverser mon esprit est de même nature que la pathétique excuse balancée par Louis-Gontran… Nom d'une sauterelle unijambiste ! Je ne peux décemment pas prétexter un problème gastrique à mon tour.

Brenda doit ressentir ma nervosité puisqu'elle vient à ma rescousse.

— Vous n'êtes pas à l'aise avec l'idée de vous déshabiller, n'est-ce pas ?

— Ça se voit tant que ça ?

— Vous n'êtes pas venue ici par choix, c'est déjà un indice… Mais soyez tranquille, on ne vous forcera à rien… En revanche, si vous avez envie de tenter l'expérience, reprend-elle maligne, dites-vous que vous avez les meilleures conditions réunies. L'eau est chaude, personne n'appellera la police, et surtout il fait nuit. Idéal pour oublier votre corps… et le nôtre, conclut-elle sur un éclat de rire.

La profonde décontraction de ces deux-là a quelque chose de captivant. Ils ont autant d'autodérision qu'ils sont libres. Pour quelqu'un comme moi, qui fuit son reflet depuis des années, c'est une chose bien mystérieuse. Je suis plus qu'interrogative. Comment réussit-on à être détaché à ce point du regard de l'autre et du sien, tout en en ayant parfaitement conscience ?

— C'est-à-dire que depuis quelque temps, je ne suis plus vraiment à l'aise avec mon corps… J'ai pris beaucoup de poids, alors je reconnais que ce n'est pas très confortable, fais-je sur le ton de la confidence.

— Je comprends, répond-elle sans plus d'égard.

Et moi qui m'attendais à une phrase consensuelle mais réconfortante du type « Vous êtes jeune et jolie, vous n'avez pas à complexer », je peux renvoyer mes espoirs aux vestiaires.

Brenda poursuit son chemin truffe au vent, puis reprend soudainement la parole avec autant de naturel.

— Ce n'est pas une question d'apparence… C'est une question de priorité.

— Pardon ? Je ne suis pas certaine de vous suivre…

— Vous savez, j'ai connu des mannequins mal à l'aise à l'idée de se mettre en maillot de bain pour trois points de cellulite… Dans la même situation et avec un corps considéré comme imparfait, moi je ne pensais qu'à une chose, plonger le plus rapidement dans la mer et profiter des vagues… Vos kilos supplémentaires, ils existent… Mais le vrai souci, c'est qu'ils pèsent deux fois plus lourd dans votre tête. Parce qu'à l'intérieur de ça, dit-elle en pointant mon front de son doigt, il ne s'agit pas juste d'un chiffre différent sur la balance ou d'un corps qui s'est un peu modifié. À l'intérieur de ça se rajoute tout le poids superflu. On nous apprend à penser que le corps est une vitrine plutôt qu'un véhicule… Mais si vous étiez vendeuse de moments de vie, que proposeriez-vous à vos clients pour qu'ils puissent y accéder ? Une vitrine ou un véhicule ?

— Un véhicule, bien sûr…

— Évidemment. Les vitrines, c'est bon pour exposer les bijoux Tiffany, pas pour danser, voyager, faire l'amour. Le corps doit nous servir, pas nous asservir. Voilà la priorité qu'il faut retenir. Bien sûr, un corps, comme une voiture, ça s'entretient et on peut même vouloir l'embellir, mais ce qui compte, c'est ce qu'il nous permet de faire… Il faut l'utiliser à bon escient et, en échange, lui accorder un peu de gratitude… Alors, Camille, quelle est votre priorité ?

À cet instant, mon cerveau m'envoie des images qui se télescopent. Je vois ma tête s'écraser contre celle d'une grande vitre, des boucles d'oreilles pendantes ridicules se dandinant de part et d'autre… Puis ma face vient fusionner avec la carrosserie d'une voiture qui roule à vive allure et mes yeux qui remplacent les phares ne m'offrent pas plus d'élégance.

Je ne suis pas encore sortie de mes pensées que nous sommes arrivés sur la plage. Un rapide coup d'œil m'indique que mes deux compères ont déjà déposé leurs vêtements au sol pour plonger dans l'océan. Je m'assois alors sur un transat qui semble m'attendre et laisse mon esprit vagabonder.

Mon corps, je le fuis, je le blâme, je le ridiculise, alors qu'il a donné son maximum pour me soutenir pendant que mes émotions hurlaient… C'est vrai, je ne lui ai pas facilité la tâche, et au vu de la quantité de sucre et de graisses saturées que je lui ai offerte, je devrais le remercier de ne pas avoir encore développé un diabète de type 3.

Pourquoi sommes-nous toujours les juges les plus sévères quand il s'agit de nous-mêmes ?

Un clapotis me ramène à la réalité et je lève les yeux vers l'horizon. Malgré l'obscurité, le clair de lune qui se reflète sur les flots me permet de repérer deux petites têtes à la surface de l'eau. B and B font trempette sous le ciel étoilé et je me surprends à les envier. Pendant que je suis assise sur une chaise en plastique, engoncée dans un short dont l'élastique force un peu trop fort sur mon ventre gonflé d'après-dîner, eux vivent leur instant pleinement, goulûment, sans jamais transiger sur leurs envies.

« La peur n'aime pas le changement », m'a dit un jour un moniteur de saut à l'élastique que je soupçonne encore d'avoir cherché à m'ôter la vie. Mais la réciproque serait-elle vraie ? Le changement permettrait-il d'éliminer la peur ?

Et merde ! Arrête de cogiter Camille et fais-le !

En moins de temps qu'il n'en faut pour crier « je déboule », je cours déjà nue en direction de l'océan avec autant de grâce qu'un marcassin qui fait ses premiers pas. Je sens ma poitrine ballotter et l'intérieur de mes cuisses se toucher par à-coups, mais je m'en fiche. Je ris. Je ris avec la même intensité qu'un enfant insouciant. Le contact de l'eau qui vient percuter mes mollets est délicieux. La température est parfaite. Je laisse la mer envelopper l'intégralité de mon corps et la sensation de cette couverture marine est enivrante. Rien ne fait barrage entre moi et cet élément. En un instant, je me demande comment j'ai pu me priver si longtemps d'une expérience pareille. Et surtout, en raison de quelles croyances futiles et aliénantes… ? Je plonge la tête puis la remonte à la surface, plusieurs fois d'affilée à la manière d'une loutre. J'entrevois Brandon et Brenda postés un peu plus loin, qui m'offrent un petit signe de la main. Cependant, ils ne cherchent pas à me rejoindre. Ils comprennent sans doute que ce moment est à ressentir sans intervention extérieure.

Je m'aventure à nager un peu plus loin, en suivant le chemin étincelant créé par les rayons lunaires sur la nappe aquatique. Le moment est féerique.

De nouveau, j'immerge la tête et tente de garder les yeux ouverts pour observer le petit monde qui s'agite sous moi. Il me semble voir flotter une étoile de mer, ou alors est-ce mon imagination ? Je commence à manquer d'air et m'apprête à reprendre mon souffle quand une ombre massive me frôle. Aussitôt, les battements de mon cœur s'accélèrent. Il me faut ma dose d'oxygène, vite ! Le corps saisi par un inconfort inquiétant, je m'interroge. Personne n'a parlé d'attaque aux requins par ici, n'est-ce pas ? Non, tout va bien… C'est impossible. Pour autant, malgré mon désir de me rassurer, ces gros poissons n'élisent toujours pas domicile dans la cime des arbres ! Au milieu de l'océan, je suis clairement sur leur territoire. Je tente d'évaluer la distance parcourue. Je ne suis pas si loin du rivage, je n'ai donc pas pu déjà dépasser la barrière de corail. Nom d'une passoire mal trouée ! Ne me dites pas que je patauge à proximité du seul requin désireux de s'émanciper des règles tacites de cohabitation ?! Je ne sais pas par quel miracle je réussis à rester calme et à rebrousser chemin avec le plus de discrétion possible. Je ne fais pas plus de quelques brasses que je ressens de nouveau la présence de *la chose*. À peine le temps de me figer qu'une masse arrondie apparaît hors de l'eau. J'ai d'abord un doute. Sa forme, sa texture et même l'expression de son faciès me portent à croire qu'il s'agit de Brandon. Mais les dimensions ne sont pas bonnes. À en juger par la taille de la « tête » qui pavane sous mes yeux, B devrait être à une bonne dizaine de mètres de moi ; or, les remous de l'eau provoqués par la présence de cette créature sont bel et bien à proximité. Enfin, s'il fallait une autre preuve pour démontrer mon analyse erronée, je constate avec torpeur que le couple vient de sortir de l'eau et rejoint tranquillement les transats. Il me faut regagner la terre ferme, et rapidement ! J'ai beau affectionner la faune et la flore, si j'en crois mon expérience, je sais que celle-ci a tendance à me le rendre plutôt mal. Je tairai le jour où une oie a choisi mes fesses pour abandonner son régime végétarien, mais croyez bien que par vengeance, j'ai failli reprendre ma consommation de foie gras. Et aujourd'hui, je n'ai pas l'intention de finir en tapas pour requin ! Je chasse le souvenir du canard carnivore et active de nouveau mon corps tout en étouffant du mieux possible le générique des *Dents de la mer* qui commence à bourdonner à mes oreilles. Puis en quelques secondes, mon cerveau m'envoie la bonne information. Et comme un fait exprès, je la vois alors qui réapparaît. Massive, à la fois comique et impressionnante, une tortue prend, elle aussi, son petit bain de minuit. Je suis hypnotisée. Saisie par ce qui se déroule sous mes yeux, je l'observe d'abord onduler sans un bruit. Puis boosté par l'adrénaline, mon corps semble avoir gagné des compétences en natation. Telle une sirène, je me mets à suivre ma nouvelle amie. Malgré le sentiment qu'elle me sait derrière elle, ma présence ne semble pas la déranger. Je peine à réaliser ce que je suis en train de vivre. Je nage avec une tortue… Nom d'un crumble trop cuit ! JE NAGE AVEC UNE TORTUE ! Sans l'avoir décidé, je suis en train de réaliser l'un des rêves d'Ewen…

Durant de nombreuses minutes, je progresse à ses côtés, essayant de graver tous les détails que je peux saisir en dépit de l'obscurité. Ses yeux sombres en amande. Le quadrillé de sa carapace. Les écailles marron qui parsèment sa petite tête allongée. Le moment est aussi naturel que magique. Puis après m'avoir honorée de sa présence, l'ondulante décide qu'il est temps que nos chemins se séparent, et sans crier gare, elle se met à accélérer et finit par disparaître. Aussi excitée qu'un bernard-l'hermite qui aurait retrouvé sa coquille, je regagne alors le chemin de la plage. B and B sont toujours installés sur leurs transats et je m'empresse de leur raconter mon aventure.

— J'ai nagé avec une tortue ! Il y avait une tortue et j'ai nagé avec elle ! C'était incroyable ! dis-je, euphorique.

En écoutant mon récit, mes deux compères partagent mon enthousiasme et ce n'est que lorsque Brenda me tend une serviette que je prends conscience d'être sortie de l'eau sans même me préoccuper de mon corps nu.

— Au début, j'ai eu peur, j'ai pensé que c'était un requin ou n'importe quelle bestiole avec des dents qui voudrait me grignoter les membres…

Je passe évidemment sous silence le moment où j'ai pris la tête de la tortue pour celle de Brandon.

— … et ensuite, je l'ai vue. Elle était énorme et en même temps rassurante. Elle nageait tranquillement, c'était apaisant, et ensuite elle a tapé un sprint, c'était fou et génial et incroyable, et, et…

Et je devrais peut-être penser à respirer si je ne veux pas mourir avant la fin de mon histoire.

— Bref, c'était l'une des expériences les plus folles de ma vie, dis-je en essayant de me calmer.

— Oh Camille, vous avez eu une belle récompense de l'univers d'avoir osé vous jeter à l'eau comme ça. Au sens propre comme au figuré, reprend Brenda.

— Oui… Bon, j'imagine que ça n'aurait pas trop dérangé la tortue que je porte un bikini non plus… Mais je suis contente de l'avoir fait…

— Bravo à vous d'avoir osé !

Je me sens aussi fière qu'un enfant qui vient de recevoir un bon point.

— Bien. Et si nous allions nous coucher maintenant ? enchaîne Brandon. On est encore en forme mais plus tout jeunes non plus. Camille, vous rentrez aussi ?

Par réflexe, je m'apprête à dire oui puis l'envie de prolonger le moment me fait changer d'avis.

— Je vais rester allongée ici encore un petit peu, je crois.

— Entendu, *sweetie.* Profitez, profitez… On espère pouvoir vous dire au revoir avant votre départ.

— Au petit déjeuner demain matin ?

— C'est entendu. *Have sweet dreams.*

Comme deux jeunes amoureux, B and B s'en retournent, enlacés tout tendrement. De mon côté, emmitouflée dans ma serviette de bain, je m'allonge sur le transat et contemple le ciel. Mon esprit bouillonne. En une semaine, j'ai vécu tant de choses. Sans pour autant y adhérer, j'ai fait tomber mes *a priori* au sujet de ce genre d'endroit et des gens qui y viennent, j'ai foulé le sol d'une terre ancestrale, j'ai oublié mon corps mais cette fois de la bonne façon, et surtout, j'ai accompli les dernières envies d'Ewen. Je garde en tête que le mystère de cette fameuse lettre « J » n'est toujours pas résolu, mais je pense qu'il est temps pour moi de reprendre le cours de ma vraie vie… Ewen m'a mis le pied à l'étrier, au travers de circonstances parfois plus que farfelues, mais le mouvement est en marche… Et alors qu'un sourire parcourt mon visage, au même instant, mes paupières se ferment délicatement. Je me laisse partir. Je sens le très léger vent chaud me caresser la peau… C'est agréable. Tout est si doux… Autant autour de moi qu'à l'intérieur de moi… Cela faisait longtemps. Cela faisait si longtemps…

23

— Je ne peux pas y croire ! Je ne veux pas y croire !! fais-je à deux doigts d'exploser en retournant l'ensemble de mes affaires.

Au même moment, Louis-Gontran fait de nouveau irruption dans ma chambre, cette fois une tasse de café et une viennoiserie dans les mains.

— Alors ? Tu l'as retrouvé ? me demande-t-il en croquant dans son pain aux raisins.

— Non ! Là, je n'ai plus d'espoir. C'est sûr, il était bien dans mon sac à main, comme le reste de mes affaires…

— On doit quitter l'hôtel dans une heure, Camille…

— Je saaaiiiis !

Ma vue se brouille à mesure que mes pensées se mettent à fumer.

— OK, c'est bon, j'ai pris ma décision ! Apporte-moi un grille-pain ! dis-je finalement.

— Un grille-pain ? Pour quoi faire ?

— Pour prendre un bain avec... L'électrocution sera mon salut ! dis-je aussi dépitée que convaincue par mon idée.

— Non, mais sérieusement, comment tu vas faire ?

Hmmm... J'apprécie l'emploi du « tu » et la désolidarisation qui en découle. Pour autant, cette fois, je ne peux pas blâmer mon collègue. Je suis l'unique responsable de mon malheur. Hier soir, alors que je m'assoupissais sur la plage, j'ai laissé de côté mes tracas, mais aussi mon sac à main. Un petit *tote bag* déposé sur le sol, qui contenait une pochette plastique, ou plutôt devrais-je dire un sachet congélation (je me croyais maligne avec ma technique pour éviter sable et eau de mer), dans lequel j'avais glissé portefeuille, plaquette de paracétamol, et surtout passeport ! Et si ma nuit fut sereine, aux alentours de 6 heures du matin, quand j'ai ouvert les yeux et découvert que la marée avait emporté une de mes tongs mais aussi mon moyen de rentrer en France, mon réveil a été plus que brutal !

— Peut-être qu'en expliquant ma situation à l'aéroport, les agents me laisseront passer... ?

Tout en avalant une gorgée de café, Louis-G me toise avec une pitié condescendante.

— Mouais... Tu peux toujours tenter... De toute façon, tu n'as pas vraiment d'autres options.

Alors, je sais que j'ai merdé mais décidément, ce petit « tu » qui me laisse seule, face à ma misérable situation, ne fait que m'enfoncer davantage... Sans parler du sermon que j'ai dû endurer pendant trente minutes sur le fait « qu'on n'emporte jamais son portefeuille ! On le laisse dans le coffre-fort de sa chambre, tout le monde sait ça ». C'est probablement le conseil qu'a reçu Claude Moloro, membre du groupe Facebook « Les passionnés de la vraie frite » créé par tonton Hubert. Voyez donc ce que ça apporte d'être solidaire avec la famille... Un abonnement qui me vaut de voir régulièrement passer des photos de cornets de frites dans mon *feed*. Et la lecture d'un post écrit il y a quelques mois, narrant, je cite : « Une abominable expérience dans notre hôtel de vacances, dans lequel nos affaires ont été subtilisées malgré le rangement dans le coffre-fort. »

La voilà la raison qui m'a poussée à garder mes affaires sur moi... Qui sait si Claude Moloro n'a pas abusé des margaritas, lui aussi...

Bon sang ! Pourquoi la vie me donne toujours plus d'obstacles à sauter ?! Je ne suis pas un cheval de compétition ! Je suis fatiguée de faire des *jumps* !

— En tout cas, je regrette encore moins de ne pas vous avoir accompagnés hier soir... reprend mon collègue. Tu me diras, même si j'étais venu, ce genre de trucs ne me serait pas arrivé... Je conserve toujours mes papiers en lieu sûr... précise-t-il encore, sur un ton flirtant avec les limites de la complaisance et du dédain. On doit toujours mettre ce genre d'affaires...

— ... dans le coffre-fort de sa chambre, je sais ! le coupé-je, exaspérée.

Monsieur irréprochable a décidé de jouer son rôle sans interruption. De toute évidence, il prend sa revanche face à mon comportement d'hier. Je me mords l'intérieur des joues pour ne pas succomber à la petite mesquinerie de lui balancer son excuse scatologique, à celui-là !

— *Knock knock?* Vous êtes là, *sweetie* ?

La vue de la petite tête de Brenda à travers l'embrasure de la porte restée entrouverte m'apporte un réconfort instantané. Je ne sais pas si c'est lié au fait qu'à cet instant, son visage m'évoque une biscotte croustillante, ou si c'est d'avoir partagé la même eau dans mon plus simple appareil qui a créé un lien particulier entre nous, mais j'apprécie.

— Je craignais que vous soyez partie sans dire au revoir, on ne vous a pas vue au petit déjeuner…

— On n'a pas pu profiter du buffet ! Camille a perdu son passeport, lance Louis-G, les dents pourtant recouvertes de miettes de pain aux raisins.

— Oh, *really* ? fait Brenda.

— À quelques heures du décollage en plus… On ne pouvait pas faire pire, enchaîne mon collègue, pédant. Vous imaginez ?

— Ouiiii, on imagine ! C'est bon ! Merci Cacaman !

Oups ! C'est sorti ! J'aurais pourtant juré que ma réponse n'était que mentale. Louis-Gontran pique un fard et quitte la chambre, non sans me rappeler froidement mes obligations.

— La navette pour l'aéroport décolle d'ici cinquante minutes maintenant.

— Oui, bien sûr, dis-je penaude.

Brenda reste à mes côtés et je m'assois au milieu du bazar, les yeux hagards.

— Ce n'est rien, *honey*… me souffle délicatement l'octogénaire. Ce sont des choses qui arrivent…

Je m'apprête à rétorquer que ce sont des choses qui n'arrivent bien souvent qu'à moi, pourtant je préfère accepter l'information de manière factuelle. Je suis surprise de ne pas ressentir davantage d'anxiété ou de désespoir. Peut-être suis-je en état de sidération.

— J'imagine, me contenté-je de dire.

— On va venir avec vous à l'aéroport et on trouvera une solution.

Je n'ai pas la force de feindre une fausse politesse qui m'inciterait à décliner. Je me contente de la remercier par un hochement de tête.

— Je vous laisse ranger vos affaires et on se retrouve à l'accueil ?

— Oui. Merci, Brenda…

La hippie se dirige vers la sortie puis me rassure une dernière fois.

— Ça va aller. Vous n'êtes pas seule…

À ces mots, une vague de chaleur me réchauffe le corps et le cœur. C'est vrai, je ne suis pas seule… Peut-être encore moins que ce que j'imagine…

* * *

— Dix jours minimum… ! Dix jours minimum… répété-je en boucle, abasourdie.

— Vous avez de la chance… Parfois, ça prend beaucoup plus de temps, poursuit Brandon.

J'essaye de voir le positif, mais il est compliqué à entrevoir. Malgré l'espoir qu'un gentil agent de l'immigration tomberait sous mon charme et me ferait passer les contrôles sans encombre, une fois arrivée à l'aéroport, j'ai rapidement saisi qu'aucun miracle n'arriverait. Pas de papier d'identité, pas d'embarquement accepté. J'ai donc vu partir un Louis-Gontran pas franchement affecté par ma situation, qui m'a néanmoins légué ses derniers pesos (l'équivalent de sept euros), et suis restée auprès de mon petit couple de vieux. Maintenant qu'il est passé 19 heures et qu'avec B and B, nous avons essoré les routes du Quintana Roo pour visiter le poste de police et déclarer la perte de mes documents, réalisé qu'ici le clignotant à droite était plus qu'optionnel, manqué de faire un infarctus quand les voitures déboîtaient sans crier gare, roulé encore, visité le consulat pour les formalités de renouvellement, roulé toujours un peu plus et transpiré des cuisses autant de chaleur que de peur, je suis moi-même au bout du rouleau.

Selon toute vraisemblance, je recevrai un passeport temporaire d'ici quelques jours, ce qui en soi est plutôt une bonne nouvelle, surtout quand il s'agit de patienter dans un décor de rêve. Mais prolonger un séjour quand on n'a même pas de quoi s'acheter une nouvelle paire de tongs, alors que nos pieds macèrent dans l'unique paire de baskets emportée, ce n'est pas franchement des vacances. Machinalement, je tripote mon téléphone comme un doudou. Heureusement pour moi, il a eu la présence d'esprit de se décharger le soir du bain de minuit et il m'a gentiment attendue dans la chambre, branché à son câble. Maintenant que j'ai été dépossédée de tout ce qu'il convient d'avoir quand on est un citoyen respectable, il est devenu le dernier lien qui me raccroche à mon identité. Quelle tristesse de réaliser que ma liberté tient à des bouts de papiers plastifiés.

À l'arrière du taxi, je me laisse guider par mes amis octogénaires, tout en essayant d'envisager la suite.

— Je vous rembourserai tous les transports, tous les frais avancés… Je vous promets. Dès que mon amie m'aura fait un virement, je…

— Ne vous en faites pas pour ça… me coupe aussitôt Brandon sur un ton chaleureux. On connaît les galères de voyage… On en a vécu tellement.

— Oh ça oui ! surenchérit Brenda en riant. La fois où notre van nous a lâchés en plein désert du Nevada, tu te souviens ?

— C'était la nuit… Plus moyen de faire redémarrer le moteur, personne sur la route et les coyotes qui commençaient à se faire entendre… !

— Des coyotes ? relancé-je effarée.

— Ils évitent en général les humains mais ce n'était tout de même pas rassurant, ajoute-t-il, rieur. C'est finalement un chauffeur routier qui s'est arrêté et qui sans poser de questions nous a conduits jusqu'à un motel. Il s'était même chargé d'appeler un de ses amis mécaniciens pour qu'il s'occupe de notre van. C'est aussi ça, la beauté du voyage, la rencontre avec des gens solidaires…

— Je vous rembourserai quand même, dis-je mal à l'aise.

— Il n'y a aucune urgence… ajoute Brenda. En attendant, ce soir, vous vous reposez. Vous verrez, l'auberge est sans prétention mais c'est un endroit très sympa… Et ensuite, vous pourrez compter sur Pepe, il est adorable. On le connaît depuis plus de dix ans. Il a été notre guide à chaque fois qu'on passait dans la région. C'est devenu un ami. Il ne vous laissera pas tomber.

J'acquiesce avec un sourire et regarde le paysage défiler devant mes yeux. Je suis en route vers l'un des plus vieux *hostels* de Playa del Carmen, apparemment un rescapé de la gentrification, dans lequel B and B ont passé du temps quand ils étaient jeunes (comprendre quand ils avaient une cinquantaine d'années...). Pour ce qui est de Pepe, nous avons rendez-vous avec lui demain pour « passer le témoin ». Je suis le témoin. Un bout de bois qu'on se refile. Le retour aux États-Unis de mes babas cool étant prévu dans deux jours, je reconnais que cela me rassure néanmoins d'avoir quelqu'un pour m'accompagner durant cette attente.

— Et puis, vous avez perdu vos papiers à la bonne période ! reprend Brandon. Vous allez pouvoir fêter le jour des morts ! J'ai hâte d'enfiler mon costume pour l'occasion, dit-il, emballé.

Mais oui ! Pour se remonter le moral, rien de mieux que de voir des squelettes et des têtes de mort déambuler dans les rues... C'est en général exactement ce dont on a besoin pour retrouver la patate...

— Et voilà, nous y sommes...

Le taxi se gare et nous sortons de la voiture. Nous entrons par une petite porte qui donne sur la rue et je découvre alors mon prochain lieu de villégiature. Bien loin du *resort* moderne et équipé que je viens de quitter, l'auberge apparaît simple mais accueillante. Un mur recouvert de tags aux couleurs du Mexique borde l'allée qui nous conduit à l'accueil, situé dans une petite cour intérieure. Un grand palmier central domine le tout. Un petit groupe d'amis joue aux cartes sur l'unique table que peut accueillir cet espace, pendant qu'une jeune femme étendue dans un hamac pianote sur son téléphone. Après avoir réglé mes nuits d'hôtel, Brandon et Brenda m'accompagnent jusqu'à ma chambre située au deuxième étage.

— Voilà, *sweetie*, ce n'est pas bien grand mais c'est calme et propre, dit Brenda en ouvrant la porte.

— C'est parfait, fais-je subitement émue.

Je me retourne vers mes deux sauveurs et les enlace intensément.

— Tout va bien se passer, Camille, soyez tranquille. Profitez de votre séjour, même si pour le moment il vous semble forcé. Parfois, les choses arrivent pour une bonne raison…

Qui sait… Je viens peut-être d'éviter un vol de dix heures avec un ronfleur professionnel ou un nourrisson qui fait ses dents. Il faudra que je pose la question à Louis-Gontran.

— On vous laisse vous installer et on se voit demain soir, *darling* ? demande Brandon.

— Absolument…

À leur tour, les deux Américains me prennent dans leurs bras avant de quitter les lieux. Une fois la porte refermée, j'en profite pour libérer mes pieds de leur prison en toile. Seigneur, à qui appartiennent ces petits boudins suintants dont le fumet de saint-nectaire pourrait réveiller un cimetière ? Je file sous la douche puis m'effondre sur le lit. Face à moi, une Frida Kahlo dont le portrait recouvre la totalité du mur m'observe de son regard intense. Quand je me figure le parcours de cette femme qui, malgré la maladie et l'alitement, s'est mise à peindre et est devenue l'artiste que l'on connaît, je me sens encore plus empotée. J'imagine que, face à mes petits malheurs, sa commisération se résumerait à m'envoyer une cuillère de guacamole à la figure.

Pour me réconforter, je pourrais appeler ma mère. Mais avant qu'elle ne soit en état de le faire, il faudrait d'abord que je la rassure sur le fait que je ne manque pas d'eau potable, que mes deux reins sont toujours à leur place et que ma tension est bien à 12. Le tout dans cet ordre ! Mauvaise idée ! Bien sûr, il y a Maddy. Mais si je me fie aux sept heures de décalage, il est 3 heures du matin en France. Je ne peux décemment pas réveiller une mère de famille en pleine nuit. Il ne me reste alors que deux possibilités : appeler Valérie ou me comporter en adulte et renoncer à joindre quelqu'un avant demain…

Décision prise, j'envoie donc un « Tu dors ? » à mon ancienne psy qui m'appelle dans la foulée.

— T'as de la chance que je boive trop de caféine et qu'en ce moment, ils rediffusent tous les *Code Quantum*… Qu'est-ce qu'il t'arrive ?

Je raconte mon histoire à Val' et espère (secrètement) qu'elle me prenne en pitié. Étonnamment, c'est l'effet inverse qui se présente.

— Bloquée au Mexique… C'est génial, ça !

— Heu… Je sais que je t'appelle au beau milieu de la nuit, mais est-ce que tu as compris que je suis ici sans argent, sans papiers, alors que je me fais expulser de mon appartement dans deux mois ?!

— Oh, pauvre petite chose…

Valérie a toujours été d'un grand soutien, mais là, je me demande si elle n'a pas fait tomber son empathie dans les trous que creusent les taupes de son jardin.

— Présentement, tu nages dans le tourbillon de la vie, tu devrais te réjouir, reprend-elle pour combler mon silence.

— Valérie, je m'excuse mais je ne comprends pas ce que tu veux dire…

— Les humains changent quand la douleur de changer est moins importante que la douleur de rester la même personne ! C'est comme ça ! Il y a encore quelques mois, la chose la plus intéressante que tu avais à me raconter, c'est que l'ascenseur de ton immeuble avait été réparé… Là, tu es enfin en mouvement… Apprécie !

— Mais le souci, c'est que ce n'est pas mon choix. Je suis ici juste parce que je n'ai pas été assez finaude pour déposer un sac à main en lieu sûr… J'ai encore merdé !

J'entends Valérie marmonner d'agacement et apprécie qu'elle ait déporté son téléphone afin que j'évite d'en comprendre la teneur exacte.

— « J'ai merdé », « J'ai pas réussi » ! Nia, nia, nia… Bon sang, Camille ! L'échec, ça ne se situe pas dans la difficulté ponctuelle, mais dans le fait d'abandonner ! C'est de redevenir à l'ancienne version de soi-même qui est complètement con ! Est-ce que c'est facile ? Non ! Tu penses qu'à mon âge, c'était évident de lâcher un cabinet qui fonctionnait bien, une bonne situation financière, un appartement dans un beau quartier parisien, tout ça pour aller m'installer dans un trou paumé de la France, ouvrir une maison d'hôte et me marier avec une femme ?! La vérité, c'est que dans la vie, il y a des gens qui suivent davantage les routes déjà tracées et d'autres non. Et toi ma p'tite, tu empruntes toujours les chemins de traverse ! Tu es carrément un cas !

— Un cas ? Tu ne me l'as jamais dit !

— Je suis une professionnelle. Je sais tempérer.

Si j'étais un prunier, vu la façon dont je me fais secouer, il ne resterait plus un seul fruit sur l'arbre.

— Mais tu commences enfin à voir la lumière au bout du tunnel, alors si tu as une petite voix qui te demande de la suivre, fais-le…

— Mais si la petite voix dans ma tête n'était rien d'autre qu'une hallucination, un délire qui m'induit en erreur ?

— Tu es particulière mais ne te crois pas aussi spéciale, tu n'as aucune pathologie ! Assume tes choix, assume tes actes manqués et emmène-les jusqu'au bout…

Je prends un temps pour tenter de saisir le message que Valérie essaye de me faire passer, mais je ne peux m'empêcher de revenir sur une petite chose :

— Val'… Tu crois vraiment que je suis un cas ?

— Affirmatif ! Mais la majorité des personnes les plus inspirantes étaient tout sauf des personnes lambda…

— Tu penses que je suis un genre de génie ?!

— Ne va pas t'affoler ! Rien de tout ça non plus.

Je remballe mon dernier espoir de terminer cette conversation sur une note qui flatterait mon ego.

— Bon… De toute façon, il faut que tu ramènes tes fesses, tu dois filmer mon mariage et j'ai encore un peu de peinture à te faire faire avant. Je ne m'inquiète pas pour toi, tu vas vite rentrer. Alors, fais-toi dorer la pilule tant que tu le peux et arrête de chouiner.

Décidément, elle était nettement plus diplomate quand je la payais.

— Et rappelle-toi que le lâcher-prise, ce n'est pas chercher à combattre ou solutionner l'imprévu. C'est l'accepter et faire avec…

Aussitôt, je pense à mon portefeuille qui navigue dans les flots…

— Tu as raison… D'ailleurs, grâce à cette philosophie, j'ai décidé de ne pas m'affoler outre mesure pour l'argent que je n'ai pas…

— Parfait…

— Tu penses que tu pourrais me faire un Western Union ?

Valérie explose de rire.

— Tu vois, tu ne perds pas le nord… Tu es parfaitement saine d'esprit.

Autant décontenancée que revigorée par cet échange, je raccroche tout juste qu'un autre appel se fait sentir : celui du ventre. À la limite, je pourrais outrepasser la fatigue qui m'incite à rester en position horizontale pour partir à la recherche de victuailles, mais l'état de mon porte-monnaie, lui, m'impose la retenue. Entre les quelques pesos que Louis-G m'a laissés et ceux de B and B, ma richesse ne pèse pas lourd. Et qui sait ce que demain me réserve encore en matière de péripéties. Et puis, voyons les choses du bon côté, après toute la nourriture ingurgitée cette dernière semaine, sauter le repas de ce soir est un cadeau que j'offre à mon système digestif… Le corps sait ce qui est bon pour lui… Alors, pourquoi ce ventre gronde-t-il comme un fauve en cage ?

24

La nuit a été réparatrice, ainsi que le petit déjeuner inclus à l'auberge. Il faut dire que manger des *frijoles* dès le réveil, ça vous tient au corps. Après avoir bénéficié d'un bon bain de mer, appelé Maddy qui n'a même pas eu l'air surprise par mon aventure, et fait une sieste avant les festivités de ce soir, je profite de la fin d'après-midi pour découvrir la ville en me baladant sur l'avenue principale. Beaucoup de touristes, quelques buildings et de grandes enseignes de marques internationales. Sans les fanions multicolores typiques du pays qui égayent la rue et les restaurants qui proposent des tacos, je pourrais oublier que je suis au Mexique. Je décide de bifurquer et rejoins la place de la ville. Une fois arrivée, l'atmosphère m'apparaît plus authentique. Autour du bâtiment municipal, des vendeurs de rue ont installé leur charriot et proposent de la *street food*, une petite aire de jeux offre un moment de répit aux mamans et des groupes d'amis profitent de la douceur de l'endroit.

Alléchée par l'odeur, je me dirige vers un des stands. Pour quelques pesos, on me propose une *marquesitas*, sorte de crêpe craquante dans laquelle le « cuisinier » d'une cinquantaine d'années, au sourire aussi sympathique qu'édenté, y dépose pâte à tartiner, fraises et fromage râpé. Je n'imagine pas cette recette à la carte du salon de thé de Gaëlle mais l'expérience est à vivre. Je finis par m'asseoir sur un banc et observe la vie. Un jeune couple affiche son attraction réciproque à travers une démonstration buccale si intense qu'elle pourrait devenir un sport homologué aux Jeux olympiques. La scène me provoque un petit rire. Puis je dézoome et je m'observe. Te revoilà Camille… assise seule sur un banc, à manger une galette sucrée malgré des filaments de fromage autour de la bouche, et en prime, des baskets aux pieds qui puent. Pour autant, je ne suis pas triste. J'accepte juste ce qui est. Je ne serai sans doute plus jamais amoureuse, mais au moins, mon cœur ne saigne plus en continu et personne d'autre que moi n'aura à se plaindre des mauvaises odeurs. Voilà déjà de quoi se réjouir. Je finis par reprendre la route pour rejoindre mon couple atypique quand, sans comprendre comment ni pourquoi, un petit être gigote dans mes bras.

— Beh… Qu'est-ce que… Qui es-tu, toi ? fais-je désorientée pendant que deux petits yeux noirs rieurs m'appréhendent.

Je lève la tête et comprends. Une maman vient de me déposer son enfant le temps d'enfourner ses courses dans le coffre. Malgré mon piètre niveau d'espagnol, je devine qu'elle s'efforce de m'expliquer la situation et me remercie chaleureusement pour ces quelques secondes de soutien. Voilà une nouvelle carrière prometteuse qui s'offre à moi : Camille, porte-bébé officiel de secours. Sans présenter de signes d'inconfort, le garçonnet s'amuse avec une de mes mèches de cheveux et me partage un peu de son chocolat directement sur le débardeur… Je ne réagis même pas. Hébétée, je souris comme pour rassurer mère et enfant sur le fait que je suis un être de confiance alors que, de toute évidence, à part moi, aucun des deux ne semble en douter. Une fois ses nombreux paquets rangés, la mère récupère son petit en m'offrant une accolade maladroite. Elle a le temps d'installer l'enfant et de rentrer à son tour dans la voiture que je plane encore. Que vient-il de se passer ? Ce sont les lumières des feux arrière qui accrochent mon regard et me font sortir de ma bulle ouateuse. Puis, une décharge s'empare de mon corps quand mes yeux se posent sur l'arrière du véhicule.

— Non ! Non ! Et encore NON ! beuglé-je en découvrant la plaque d'immatriculation.

JJJ – 42-85

Je lève les yeux au ciel et refuse de donner du sens à ce que je viens de voir. Ce triple « J » qui déboule comme ça, de nulle part, ne veut RIEN dire, Camille ! Je veux bien tenter le lâcher-prise suggéré par Valérie mais de toute évidence, j'ai conditionné mon cerveau à voir des choses qui ne méritent pas mon attention, à moins d'avoir envie de finir la tête recouverte de cheveux blancs avant mes quarante ans ! Nom d'une sangria trop sucrée ! La foi est supposée nous soutenir, pas nous rendre chèvre ! Si je continue sur cette lancée, dans peu de temps, on ne m'invitera plus à boire le thé mais à brouter dans le pré !

Je me rends en direction du lieu de rendez-vous tout en maugréant à l'instar d'une mamie aigrie, restée seule trop longtemps. J'ai la sensation d'un *escape game* qui n'a pas de scénario logique et ne cherche qu'à me faire tourner en rond. Mais comment pourrait-il en être autrement ? J'en suis l'auteure. La logique et moi étant deux grandes étrangères, est-ce que le *game master* de la salle d'à côté pourrait venir me libérer ?

Je ne suis plus qu'à quelques mètres de l'adresse indiquée par B and B mais j'ai encore un peu d'avance. Une magnifique boutique de tissus à ciel semi-ouvert attire mon attention et fait basculer mon humeur. De somptueuses robes traditionnelles de toutes les couleurs sont suspendues dans les airs. Pour ajouter à la beauté, une légère brise vient balayer les jupons et les ondulations qu'elle provoque leur donnent des allures de danseuses évanescentes. Aussitôt, j'ai envie d'en offrir une à Maddy, puis je me souviens que, pour tenir les prochains jours, j'ai le budget d'une étudiante en fin de mois. Je décide d'entrer à l'intérieur pour contempler toutes ces splendeurs. Devant mon regard de petite fille, le vendeur me propose d'essayer une des tenues. Je sais d'avance que sur moi, le résultat sera décevant mais je me laisse tenter. Mon choix se porte sur la robe de *chiapaneca,* un costume typique de la région du Chiapas. Je ne sais pas où se trouve cette région mais à en croire le vendeur, l'endroit mérite d'être vu. En attendant, je passe derrière un rideau de fortune installé en fond de boutique et je m'attèle à enfiler le chemisier dont le décolleté en demi-cercle est composé de tulle et de fleurs brodées. Je m'apprête à passer la jupe faite d'un long satin jaune et large, quand une présence vient interrompre mes essayages. Je le sens ! Je l'entends ! Je n'ose pas relever la tête mais de toute évidence, quelqu'un m'observe par-dessus le mur qui sépare la cabine d'essayage du vaste jardin arrière. Toujours semi-courbée (et en culotte), je tente de trouver rapidement et discrètement de quoi assommer l'intrus. Hélas, rien à portée de main. Je peux toujours retirer mes baskets et le gazer. Mais j'ai peur de succomber par la même occasion à l'odeur. Tant pis, je décide de confronter le voyeuriste et de l'assommer d'insultes qu'il ne comprendra sans doute pas !

— Tu crois que je ne t'ai pas grillé, espèce de sale petit… Aaaaaaahhh !

De surprise, je pousse un hurlement, et en vérité, entre le mateur et moi, je ne saurais dire qui a eu le plus peur. Après avoir déguerpi un peu plus loin, un iguane gros comme un teckel m'observe comme si j'avais menacé de le faire cuire à la broche ! Ces bestioles sont peut-être craintives et inoffensives, mais elles devraient apprendre à respecter l'intimité d'autrui.

— Bon sang ! On ne t'a jamais appris que c'était malpoli de faire irruption dans les cabines d'essayage ?!

Non, Camille, on ne lui a pas appris, car c'est un iguane…

J'abandonne l'idée d'essayer ma robe traditionnelle (qui m'irait probablement comme un gant sur la tête) et m'apprête à quitter les lieux, quand je note un coin librairie dans la boutique. Il s'agit de livres d'occasion. Une pancarte indique un prix unique et dérisoire, ou offre l'opportunité d'emporter un des ouvrages gratuitement en échange d'un autre. J'adore l'idée. Sur les étagères, se côtoient des livres de tous horizons. Beaucoup en espagnol bien sûr, mais aussi de l'anglais, quelques œuvres en russe, et même un roman en portugais. Je cherche alors si un Français serait passé par là... Rapidement, mes yeux repèrent des mots qui font sens. Cependant, le titre manque de me faire tomber à la renverse et les initiales de son auteur encore plus :

Petit manuel à l'usage de ceux qui doutent
Jean-Joseph Julaud

— « JJJ » ! Encore ! Je ne comprends pas le message, OK ?! Arrêtez de m'envoyer des signes ! Je ne pige rien !

J'ai apparemment poussé le volume trop fort car le vendeur ainsi que les quelques clients présents dans la boutique ont arrêté de respirer pour me dévisager. Je sors, passablement énervée. Heureusement, l'apparition de B and B me permet instantanément de retrouver le sourire... Le couple s'est déguisé en Jack et Sally de *L'Étrange Noël de monsieur Jack*, et contre toute attente, le rendu est plutôt réussi.

— Camille...

— Waouh, Brenda... Vous êtes incroyables, fais-je en tournant autour du binôme afin d'observer leurs costumes.

— On y a passé tout l'après-midi mais on est plutôt fiers du résultat, répond Brandon décidément très enthousiaste.

Ils ont raison de se réjouir. Il faut dire qu'ils ont pour eux une silhouette d'allumettes, idéale pour l'interprétation de ces personnages.

— Tenez, avant d'oublier… C'est pour vous.

Brenda me tend un paquet. À l'intérieur, un serre-tête avec des citrouilles figuratives suspendues à des ressorts métalliques m'attend. Aussitôt, la hippie s'en saisit pour le déposer sur mon crâne avec le même soin apporté à une princesse le jour de son couronnement.

— J'ai immédiatement pensé à vous en le voyant…

J'esquisse un rictus amusé. La citrouille faisant partie de la famille des courges, l'image fait sens…

— Et il y a également ceci, enchaîne-t-elle avec un sourire sincère.

En découvrant la suite des présents, je réfrène un fou rire.

— Oh ?! Une paire de… Birkenstock ?!

— Pour vos pieds fatigués… précise Brandon comme si je pouvais avoir un doute sur l'emplacement réservé aux chaussures. Et c'est de la qualité germanique ! Ça vous tiendra toute une vie, surenchérit-il.

Je suis perdue dans mes émotions. Autant la perspective de pouvoir épargner mes petons d'une macération en continu m'enchante, autant porter un modèle de chaussures orthopédiques, sans être un Allemand d'un mètre quatre-vingt-dix, habillé d'un short et d'un marcel, paré à démarrer un trek, me semble abscons.

— C'est vraiment adorable, dis-je, touchée par leur générosité sans égale.

J'hésite à enfiler les sandales dans la foulée. Alors que mon cerveau s'active à évaluer le ratio bénéfices *versus* risques (puis-je me balader toute la soirée avec une paire de tennis malodorantes dans un sac ?), un *hola* vient interrompre le cours de mes réflexions métaphysiques.

— Pepe ! lance le couple avec emphase.

— *Mis amigos…*

Mon chaperon vient d'arriver. À l'image d'une enfant qui voit débarquer son baby-sitter pour la première fois, je le détaille d'un œil méfiant. Brun, de taille moyenne, le regard franc et pétillant, je situe l'individu aux alentours de la petite quarantaine. À son arrivée, une sensation inconfortable me parcourt mais je mets cela sur le compte de mes émotions fluctuantes. Le petit groupe se salue chaleureusement, puis comme le nouveau venu se tourne vers moi, Brenda fait les présentations :

— Pepe, je te présente Camille, notre petite protégée…

— *Mucho gusto, Camille. ¿Cómo estás?*

— Heu… *Bueno, bueno…* Mais moi pas trop parlo *spanish.*

Je prends conscience du charabia qui vient de sortir de ma bouche et me sens rougir jusqu'aux oreilles.

— *No hay problema.* Je parle français, me rassure-t-il avec convivialité. B and B m'ont expliqué que tu attends tes papiers pour repartir en France ?

— C'est ça, fais-je timidement.

— Si tu as des questions ou besoin de quelque chose, tu peux m'appeler. J'habite ici depuis quinze ans, je connais bien. Et je pourrai te faire visiter si tu veux…

Malgré la sympathie extrême de l'individu et pour une raison que j'ignore, ma réponse peine à sortir.

Du coin de l'œil, je devine que Brandon et Brenda sont suspendus à mes lèvres. Je me force à déglutir pour encourager les mots à effectuer leur travail.

— Avec plaisir, dis-je finalement.

Le soulagement des deux babas cool ne se fait pas attendre.

— Parfait, nous voilà rassurés. Vous êtes amis maintenant, claironne Brandon.

S'ils sont rassurés, alors j'imagine que je peux l'être aussi... J'imagine...

La rue commence à grouiller de Batmans, Hulks et autres sorcières sexy, et j'observe mon couple atypique qui s'amuse à parader. L'ambiance est particulièrement festive, pourtant je ne me sens pas à mon aise. Tout en marchant aux côtés de Pepe, je réalise qu'il n'est pas costumé. Je finis par briser le silence.

— Tu ne fêtes pas le jour des morts ?

— *El Dia de los Muertos?* Si... Mais là, c'est Halloween. C'est amusant pour les touristes et les enfants, mais ce n'est pas vraiment comme ça qu'on célèbre cette période.

— C'est plus comme dans le dessin animé *Coco* ?

Aussitôt, je me mords les joues. J'ai beau avoir adoré le film, le citer en unique référence culturelle à un local me fait me sentir comme une branche de persil déposée sur le rebord d'une assiette : inutile. Heureusement, Pepe éclate de rire.

— Pas exactement, mais il y a des choses vraies...

J'essaye de me remémorer l'histoire et de me figurer les scènes possiblement réalistes. Pour sûr, le passage où le jeune héros joue de la guitare avec le fantôme de son ancêtre ne doit pas en faire partie.

L'effort réflexif se lit probablement sur mon visage car Pepe me relance :

— Si tu es intéressée et que tu as envie de voir ça, tu peux m'accompagner.

— T'accompagner ?

— Oui, on peut se retrouver demain à 22 heures, si tu es libre…

— Je n'ai pas un agenda débordant de rendez-vous, dis-je en tentant la décontraction.

— *Perfecto*… Je t'enverrai l'adresse du lieu, mais tu verras, ce n'est pas très compliqué. On se retrouvera devant un cimetière.

En une seconde, les images acidulées de *Coco* font place à des séquences de film d'horreur. Plus qu'hésiter, j'en suis déjà à envisager l'excuse que j'invoquerai demain pour éviter de m'y rendre. De toute évidence, je ne sais pas déglutir avec discrétion, car de nouveau Pepe me décrypte avec exactitude.

— Sois rassurée… Ce ne sera pas du tout effrayant… Bien au contraire.

Évidemment, mes réticences persistent… On parle tout de même d'aller dans un cimetière avec un inconnu… Mais après tout, plus jeune n'ai-je pas accepté de visiter les catacombes avec un flirt qui n'a même pas eu la délicatesse de payer ma part du Mc Do ?! Alors même si le lieu est particulier, je peux bien assister à une célébration avec l'homme qui sera mon tuteur durant ces prochains jours…

Et puis, j'ai repéré un petit couteau dans ma chambre. Je pourrais toujours l'emporter. Certes, c'est un couteau à beurre mais l'idée est dans le dissuasif…

Des applaudissements me font revenir à la réalité. Ce sont ceux des passants qui s'esclaffent de voir un Jack et une Sally entreprendre une danse endiablée avec un Beetlejuice dont la perruque verte et défraîchie mériterait une bonne greffe de cheveux. Il faut un temps d'absorption à mon cerveau avant qu'il ne traduise la scène et qu'elle ne me fasse éclater de rire.

— Ces deux-là sont vraiment incroyables…

— Je les ai toujours connus aussi excentriques… Je crois même qu'avec le temps ils le sont de plus en plus… poursuit Pepe.

Encore une fois, moi qui suis plutôt de nature communicative, je peine à relancer la conversation. Face à mon mutisme, mon futur guide enchaîne :

— Et comment tu les as rencontrés ?

Aussitôt, le souvenir d'une palpation nocturne me revient en mémoire. Si dans la vie j'ai assez peu de certitudes, j'ai cependant la conviction que pour conserver ma dignité, ce secret doit le rester…

— Oh, tu sais… les heureux hasards de la vie… fais-je laconique.

Et une soudaine passion pour la botanique sous les effets de l'alcool… Mais cette vérité, je suis décidément certaine de vouloir l'emporter dans ma tombe…

25

Je suis déjà en chemin pour retrouver Pepe, que je continue de tergiverser intérieurement : « Non, en fait, je ne veux pas y aller… — Mais pourquoi pas ? C'est l'occasion de vivre une expérience unique ! — Ah oui, et si c'était justement ta dernière expérience et que tu finissais à l'arrière d'une fourgonnette appartenant à un cartel ? — Qu'est-ce que tu racontes ? Tu as rencontré Pepe, il est tout ce qu'il y a de plus sympathique ! »

Bon sang ! Deux heures que je suis dans cet état ! Avec toutes ces prises de tête, je filerai mal au crâne à un Doliprane. J'essaye de déterminer pourquoi me rendre à ce rendez-vous me rend aussi fébrile et le résultat de mes pérégrinations mentales est assez peu concluant. J'approche du lieu de rencontre et l'accueil que m'offre Pepe en me voyant arriver me permet de me tranquilliser un peu. Le fait de le découvrir entouré de trois autres personnes, dont deux femmes, finit de me rassurer.

— *Hola*, Camille…

— *Hola*…

— Très heureux de te revoir… Je te présente ma sœur Séléna, et mon oncle et ma tante, Jolge et Lucia…

La petite famille me salue chaleureusement et je leur rends leur sourire.

— Tu es prête ? m'interroge Pepe.

J'opine du chef.

— Tiens, je t'ai apporté une bougie. Si tu veux…

Je ne sais pas si je veux quoi que ce soit mais je ne vois aucune raison de refuser la proposition.

— D'accord… Merci, dis-je en me saisissant de la chandelle qu'il me tend.

Aussitôt, Pepe allume la mèche.

— Et voilà… La tradition veut qu'on allume des bougies pour guider les âmes vers les tombes…

— Oh… fais-je à mon maximum de répartie en contemplant la flamme.

— On y va ? me demande-t-il plein de douceur.

— Bien sûr…

Je me laisse guider comme un automate et entre dans le cimetière. Instantanément, je suis saisie par l'ambiance. Si, en France, la Toussaint est un jour associé à la tristesse et au recueillement silencieux, rien de tout cela ici. De nombreuses familles sont présentes et ont installé des nappes au sol à la façon d'un pique-nique. Les gens rient, écoutent de la musique, mangent. Des pétales de fleurs odorantes et des bougies recouvrent les sépultures, certains font même brûler de l'encens. Je suis fascinée.

— Tu ne t'attendais pas à ça ?

— C'est-à-dire que… c'est tellement différent de ce que je connais…

Au même instant, un grand-père se met à jouer de la guitare et personne autour ne semble perturbé. C'est un sacré choc des cultures que je vis là.

— Tu vois ces fleurs orange ? me demande Pepe en me désignant une tombe qui en est recouverte. C'est la *cempasúchil*. En français, je crois qu'on dit la rose d'Inde. C'est la fleur du *Dia de los Muertos*. L'arôme est censé attirer l'âme des défunts.

— C'est un peu nos chrysanthèmes… sauf qu'ils n'ont été choisis chez nous que pour leur résistance au froid, je crois… À cette période de l'année, ça caille en France, dis-je en prenant conscience des différences dans nos similitudes.

— Et comme tu peux t'en rendre compte, le moment est plutôt joyeux… On se réunit pour rendre hommage aux gens qu'on a perdus, on en profite pour parler d'eux aux plus jeunes, à ceux qui n'ont pas eu la chance de les connaître, on raconte des souvenirs…

Aussitôt, je balaye les lugubres pensées qui me traversaient l'esprit quelques heures plus tôt. Je mesure la chance de me trouver ici et la marque de confiance que m'accordent Pepe et ses proches en me faisant ainsi participer à leurs traditions. Tout en poursuivant notre chemin, mon guide continue de me transmettre sa culture avec beaucoup de cœur.

— La nuit du 31 octobre au 1er novembre est dédiée aux âmes des enfants, la nuit suivante est celle des défunts adultes. On veille nos morts jusqu'aux douze coups de minuit et ils sont ensuite autorisés à nous rejoindre…

Évidemment, j'en viens à me demander quel membre de la famille nous sommes venus honorer.

— Est-ce que je peux te demander qui est parti ?

La famille s'arrête devant une tombe.

— Elle... Ma maman... dit-il en me montrant la plaque funéraire d'une certaine Maria. Et aussi notre petit frère... Même s'il n'est pas enterré ici.

La sœur dépose une grande nappe au pied de la tombe et sort de son panier une bouteille de téquila, de l'orangeade ainsi que de nombreuses sucreries. Aussitôt, elle en fait la distribution.

— C'est une *calavera.* Une tête de mort recouverte de sucre avec le nom de ma mère écrit dessus. Elle adorait les friandises...

Je m'apprête à croquer dedans, heureusement ma bouche n'a pas encore touché le petit biscuit, que je comprends qu'il y a d'abord un rituel de départ. L'oncle de Pepe entonne une chanson en levant son verre en direction de la tombe. Je devine qu'il s'adresse à sa sœur. Puis chacun à leur tour, les membres de la famille conversent directement avec la défunte. Une fois qu'ils ont terminé, c'est le moment de la dégustation. Séléna me demande si j'apprécie son biscuit et j'acquiesce de la tête avec entrain. Elle me parle en espagnol et Pepe me fait aussitôt la traduction :

— Elle dit que c'est la recette de notre mère mais qu'elle ne comprend pas pourquoi elle n'a jamais réussi à les préparer aussi bien qu'elle...

— C'est super bon en tout cas, lui fais-je en français.

Ma bouche pleine du gâteau suffit à la convaincre que mon compliment est sincère. Elle rit. Puis pendant que les discussions reprennent, je me risque à questionner Pepe.

— Ta maman n'a pas l'air très âgée sur la photo… C'est trop personnel si je te demande de quoi elle est décédée ?

— Officiellement d'un cancer… mais surtout de chagrin. Mon petit frère est mort à cause d'une balle perdue, une guerre de gangs… C'était à Mexico City, il rentrait chez lui après une soirée, il est passé dans la mauvaise rue. Il n'a pas eu de chance… C'était il y a cinq ans. Il avait vingt-quatre ans. Ma mère a été celle qui a eu le plus de mal à s'en remettre. Elle a déclaré sa maladie peu de temps après et elle est décédée trois ans plus tard.

— Je suis vraiment désolée…

— Alejandro est enterré du côté de Mexico, on s'est recueillis plus tôt chez mon oncle qui lui a dressé un autel, mais je suis certain que ce soir, il est ici parmi nous…

En entendant le prénom du petit frère, l'oncle remplit aussitôt nos verres d'une rasade de téquila et porte un toast à la mémoire du jeune homme. Après quelques mots échangés, Pepe me relance :

— Et toi, Camille, tu as quelqu'un à qui tu aimerais rendre hommage ?

Je me dandine mal à l'aise. Je pense à mon père, mais surtout à Ewen bien sûr. Cette bataille entre mon désir de croire aux signes et ce qui me semble être de la crédulité m'horripile.

Je finis par ouvrir les vannes :

— J'ai perdu l'amour de ma vie, il y a trois ans… Et aussi un peu la tête, je crois…

Le regard de Pepe est empreint d'autant de commisération que d'interrogation.

— Perdu la tête ?

— Tu sais, quand on souffre, qu'on se sent perdu, parfois on réclame un message… Et on s'accroche à la moindre chose, on l'interprète, même si on a conscience que ce n'est pas réel…

— Pourquoi ce ne serait pas réel… ?

— Bah…

Je m'apprête à lui exposer ma poursuite de sens, la théorie ridicule de la mouche, les biais cognitifs, l'espoir, l'incompréhension, les déceptions et le retour à la réalité, puis je me ravise. En cet instant, partout autour de moi, les gens semblent heureux, unis, parce qu'ils ont l'absolue conviction que leurs proches sont à leurs côtés. Je renonce à argumenter et hausse les épaules.

— Tu as raison… Dans le fond, qui sait… dis-je finalement.

La tante de Pepe m'interpelle en me tendant un petit récipient.

— Elle te propose de faire brûler de l'encens… C'est du copal… Pour que tu puisses l'offrir à la personne de ton cœur et faciliter la communication…

J'accepte. Davantage par politesse que par conviction. Ma petite coupelle fumante entre les mains, je reste figée, ne sachant pas comment m'y prendre.

— Tu as juste à lui parler, comme tu le fais d'habitude…

Ouh là ! Si je lui parle comme d'habitude, je vais assommer tout le monde, défunts compris. Et soyons honnête, même si je suis touchée par l'approche simple et naturelle qu'ont ces gens avec la mort, je conserve une forme d'embarras et de honte à l'idée de m'adresser à Ewen devant des inconnus… Devant des gens tout court, d'ailleurs. La faute peut-être à mon pays d'origine qui fait partie des moins croyants du monde.

— Tu peux t'isoler dans un endroit tranquille si tu préfères...

Oui, voilà. Isolons-nous. Un peu plus loin, je repère un arbre habillé de quelques lampions. Je décide de m'asseoir sous sa cime. Le copal dégage ses volutes odorantes et je m'essaye à l'exercice. Est-ce le côté cérémonial de la chose qui me bloque ? Je peine à m'exprimer et démarre maladroitement :

— Hello... Coucou... C'est moi. Je ne sais pas si ce soir, le fil entre le monde du visible et de l'invisible est vraiment plus mince et que tu peux m'entendre, mais je te dédie cet encens... Même si on n'a jamais été très encens à vrai dire... Surtout la fois où on a essayé celui à l'eucalyptus et que ça sentait davantage le canard W-C...

Je m'arrête, muée par un doute (un de plus) :

— Heu... Si à tout hasard d'autres défunts m'entendent, je m'adresse à Ewen... Je ne voudrais pas qu'il y ait méprise... Donc si vous êtes là, vous pouvez poursuivre et continuer de chercher votre famille. Merci.

Je laisse passer quelques instants comme pour m'assurer qu'aucune autre âme n'écoutera mon soliloque.

— OK... Alors... J'espère que le fait d'avoir accompli ta liste d'envies t'a fait plaisir, en tout cas sache qu'à travers elle, tu m'as beaucoup aidée. Val' a raison. Quand j'y repense... Et dire que mon récit le plus palpitant de ces derniers mois se résumait à la réparation des parties communes de l'immeuble. Depuis ton carnet, j'ai vécu tellement de choses en si peu de temps... Tellement... Mais aujourd'hui, j'ai l'impression que je m'accroche et que je m'égare. Shakespeare fait dire à Hamlet « Être ou ne pas être, telle est la question ». Moi, j'entends en boucle « Croire ou ne pas croire »… Mais je sens que je ne veux plus me demander… Cela me fait plus de mal qu'autre chose. Alors aujourd'hui, je referme le carnet, Ewen. Mais que tu m'entendes ou non, sache que je t'aimerai toujours.

Avant qu'elles ne roulent sur mes joues, je n'avais pas senti mes larmes surgir. Je les essuie d'un revers de la main. Une dernière fois, j'attends. Une sensation, un son, un mot. Rien ne me parvient, pas même un frisson. Mais cette fois, je souris. Cette fois, c'est sans doute pour le mieux…

26

— Et tu en penses quoi, de celle-là ? Même si je ne porte pas une robe de mariage traditionnelle, il faut tout de même que ça ait un peu de gueule…

— Je ne vois rien, tu es trop proche de la caméra…

Au loin, j'entends le petit rire de Maddy.

— Ah, merde ! Attends, je me recule… Alors ? Elle me va bien ?

— Oui, c'est joli…

— Camille… Tu as déjà dit la même chose pour les tenues précédentes…

C'est que je ne sais pas trop quoi répondre d'autre. En direct du magasin et depuis une heure en visio, Valérie me fait participer à sa séance d'essayage. Et si j'en crois le regard amusé de ma meilleure amie qui se tient derrière la future mariée, il ne fait pas l'ombre d'un doute que cet appel n'est motivé que par une seule chose : le sens de l'amitié. Qui pourrait encore espérer de moi un avis pertinent sur le choix d'un ensemble ? Le fait est qu'avant la perte de mes papiers d'identité, il était convenu que je sois présente à cette journée shopping. Passé le moment de stress au milieu des cintres, j'apprécie toujours celui qui suit... Lorsqu'après avoir fait nos emplettes, l'on s'installe dans un troquet pour discuter autour d'un chocolat chaud ou d'un verre de vin. Maddy me connaît, cela fait partie de nos rituels depuis plus de quinze ans, alors j'apprécie qu'elle ait pensé à m'y faire participer, même si c'est au travers d'un écran de téléphone.

— Pfff... Ça me fait quand même bien ch***...

Valérie s'arrête puis reprend après s'être raclé la gorge.

— Ça m'ennuie quand même un peu d'avoir à porter un truc pareil... Sandra y tient, mais vraiment, je ne suis pas à l'aise du tout ! J'aurais préféré un pantalon... Merde !

— Si vraiment tu ne veux pas de robe, je suis certaine que Sandra pourra comprendre... Il faut juste que tu te décides... Est-ce que tu préfères privilégier le confort ou plutôt faire plaisir à ta femme ?... demande Maddy douce et impliquée.

— Les deux ne sont pas possibles ? reprend Valérie aussi désespérée qu'un petit pois resté seul dans le fond de la conserve.

— Bah si ! Il faut opter pour une jupe salopette ! lancé-je sans vraiment réfléchir.

Soudain, un silence remplace nos échanges et j'en viens à croire qu'il y a un problème de connexion.

— Mais c'est une super idée ! reprend Valérie, exaltée. Pourquoi on n'y a pas pensé plutôt ? C'est le parfait compromis... C'est féminin, Sandra sera contente, et moi je pourrai danser et pisser tranquillement.

Vu sous cet angle…

— Excellente proposition. Bravo, ma patate ! Sur ce coup-là, tu es le cerveau de l'équipe.

Mes yeux s'arrondissent à la façon d'un lémurien. Hein ? Quoi ? Est-ce que je viens vraiment de résoudre une problématique d'ordre vestimentaire ?!

— Maddy ? Tu penses pouvoir m'aider ? demande aussitôt Valérie.

— Je sais même où te trouver ça…

— Allez, super !… On remballe alors. Je n'en pouvais plus de ces tenues… lâche la psy visiblement soulagée. Bon sinon, raconte, Camille, le Mexique.

Tout en me posant la question, Valérie remet les robes de soirée à leur place avec la délicatesse d'un déménageur en fin de journée.

— Oh, eh bien, ça va… Mieux disons. Mes amis hippies sont rentrés chez eux, j'angoissais un peu à l'idée de les voir partir. Mais grâce à ton virement, Val', je peux continuer à m'alimenter, et tout le monde sait que pour ma santé physique et surtout mentale, c'est indispensable, fais-je enjouée. J'en profite pour me balader, nager, et je vois Pepe aussi… Il m'apprend des choses sur le Mexique, la culture… C'est intéressant.

Aussitôt, la tête de Maddy apparaît à l'écran, collée à celle de Valérie qui s'est tant rapprochée qu'elle donne l'impression de vouloir passer au travers.

— Pepe… Qui est donc cette personne ? m'interroge ma meilleure amie avec cet air plein de sous-entendus que je lui connais bien.

— Ouh là. Ne vous faites aucun film. C'est mon guide... Un ami de Brandon et Brenda. Ils m'ont confiée à lui, fais-je en riant.

— Hmmm... Et comment est-il, ce Pepe ? poursuit Maddy.

— Bah quoi vous dire... Il est sympa...

— Mais encore... ?

— Rien de plus... Il parle français. C'est lui qui a passé les coups de téléphone dont j'ai eu besoin pour suivre l'avancée de mes papiers. Qui m'a emmenée les récupérer... Il est gentil...

— Camille ! On sait que tu as travaillé pour le cinéma mais arrête ton suspense ! Ce qu'on veut savoir, c'est s'il est beau gosse ?! balance Valérie sans ménagement.

— Mais je ne sais pas...

Nom d'un caramel trop mou ! Je suis parfaitement honnête. Je n'en ai aucune idée.

— Tu le vois souvent ? relance ma pin-up.

— Tous les jours... Depuis sept jours... fais-je en réalisant moi-même l'information.

— Et tu ne sais pas s'il est séduisant ou pas ?! poursuit Valérie.

J'ouvre la bouche mais aucun son ne sort. Je me frotte les yeux avec énergie, mais cette technique n'aide en rien à me remettre les idées en place.

— Non. La seule chose que je peux dire, c'est que passer du temps avec lui est agréable... et aussi un peu... inconfortable.

Pour aller au bout de cette phrase, il m'a bien fallu deux minutes tant chaque mot m'a demandé un effort de réflexion considérable. Je croise le regard de Maddy et instantanément, nos deux cerveaux se connectent. J'en ressens presque l'uppercut dans le crâne ! Que l'on ne vienne plus me dire que la télépathie n'existe pas, tiens ! Nous partageons la même stupéfaction. Puis, à la manière d'un *slow motion*, je vois défiler toutes les micro-expressions qui traversent le visage de ma meilleure amie et dont l'enchaînement m'indique qu'il ne me reste que quelques instants avant qu'elle ne me questionne davantage. Mais je refuse l'information qui vient de nous être partagée ! L'adrénaline qui me traverse le corps m'offre un micro-temps d'avance réactionnel. Je réussis à reprendre la parole et à esquiver à la dernière minute !

— Et concernant Sandra ? Est-ce que vous avez enfin une date d'arrivée en France ?

Ça y est, l'image au ralenti vient de laisser place aux soixante images par seconde. Retour à la normale. Je focalise toute mon attention sur Valérie au point de ne pas cligner des yeux, malgré cela, je sais que Maddy n'est pas dupe. Elle a décelé ma parade. Fort heureusement, elle n'insiste pas et l'enthousiasme de Valérie prend le dessus sur le trouble qui vient d'avoir lieu :

— Oui ! Le visa est arrivé, le billet est réservé. Sandra sera là dans trois semaines ! Tout juste de quoi profiter un peu avant le mariage. Sept mois qu'on ne s'est pas touchées. Sept putain de longs mois ! Une fois dans mes bras, je ne vais plus la lâcher ! Si je n'habitais pas déjà en pleine cambrousse, je pense que je la séquestrerais à la cave…

— Évite de lui dire ça avant qu'elle ne prenne l'avion, dis-je avec amusement. Bon, les filles, enchaîné-je sans transition, je vais vous laisser finir vos achats sans moi. Je dois raccrocher, je n'ai presque plus de batterie.

Faux, ma charge est à son maximum.

— Entendu, on se voit à ton retour… Profite bien de tes derniers jours.

— Je te rappelle très vite, enchaîne Maddy d'un ton lourd de sens.

Pour toute conclusion, je bredouille un oui qui rappelle davantage le glouglou du dindon et coupe la communication. Je me laisse tomber sur le lit, et sur le mur d'en face, Frida me toise. À cet instant, son regard perçant m'incommode autant que celui de Maddy.

— Oui, bon bah, ça va Frida, tu ne vas pas t'y mettre non plus. Tout le monde ne peut pas avoir autant de charisme que toi, inutile de me juger.

Aspirine, vite !

27

— Bravo Camille, je ne connaissais pas cette technique mais je vais peut-être la proposer à mes élèves.

Pepe me félicite avec humour tout en m'aidant à extraire mon paddle de l'eau.

— Merci ! Tu pourras la suggérer à tous les flemmards dans mon genre. Je propose même d'appeler cette façon de faire le payak… fais-je en regagnant la terre ferme.

— Le payak ?

— Oui… Faire du paddle parce que c'est chic sur les photos Instagram mais assis comme dans un kayak, parce que c'est plus confortable…

Pour mes dernières vingt-quatre heures au pays de la tortilla, j'ai accepté la proposition du Mexicain de profiter des activités du club nautique dans lequel il enseigne plusieurs heures par semaine. Pour ce faire, j'ai évidemment écarté l'idée d'accéder à la position verticale sur une planche, mais surtout refusé d'essayer d'analyser le tumulte dans ma tête !

Depuis le dernier appel avec Maddy et Valérie, mon crâne est un ring de boxe et les pensées qui s'entrechoquent cognent fort. Mon ultime objectif : faire taire mon cerveau et apprécier ce qui m'est offert, avant mon retour sur Paris. De toute façon, après m'être enfilé toute une plaquette de paracétamol en deux jours, mon foie ne supportera plus un seul comprimé. J'envie les gens dont les questions leur traversent l'esprit sans pour autant décider d'y établir un campement. Au stade où j'en suis, j'envisage de demander à la marque Quechua de me financer. Mon souhait pour ma prochaine incarnation (si tant est que l'on y croie) : revenir dans la peau d'une passoire.

— Tu es prête ?

— Absolument. En route, fais-je en saisissant mon sac qui, cette fois, ne contient qu'une gourde et une serviette de bain.

Nous traversons la ville en direction du domicile de mon bienfaiteur. Je dois y récupérer le cadeau que Pepe voulait absolument m'offrir. « De quoi repartir avec la chaleur du Mexique », m'a-t-il dit. Voilà encore une bien étrange différence de perception. Au regard de toute l'aide apportée, il serait juste que je coure les magasins pour lui trouver de quoi exprimer ma gratitude. Il a cependant été ferme sur le fait qu'il n'attendait rien, si ce n'est le plaisir de partager sa culture. J'ai promis de vendre ses mérites à tous mes contacts qui viendraient passer leurs vacances ici sans perdre leur portefeuille, ainsi que de lui faire parvenir un camembert. Ma seconde proposition a eu l'air de grandement l'enthousiasmer. Nous étions faits pour nous entendre.

Sur le chemin, j'en profite pour déguster un dernier taco et écouter quelques instants un groupe de mariachis qui offre un concert de rue. Malgré la fin de journée, la température extérieure n'a toujours pas baissé. J'observe ces musiciens, parés de leur lourd costume traditionnel. Le courage de ces artistes m'inspire une admiration plus grande encore.

Nous reprenons la marche quand ma quiétude est interrompue par un jeune homme d'une vingtaine d'années qui m'interpelle, moqueur.

— Oh, Mamie… me lance-t-il en toute décontraction.

Aussitôt, je m'insurge.

— Dis donc, il va se calmer, le pré-ado ! C'est pas parce que j'approche des quarante balais et que je porte des sandales quasi orthopédiques que je mérite qu'on me traite de grand-mère !

À en croire l'expression ahurie du garçon, je pense pouvoir dire que je l'ai bien mouché !

Note à moi-même cependant : pour cesser de paraître vieillissante, ne plus jamais employer le terme « moucher » sauf en cas d'écoulement nasal.

Comme je me tourne vers Pepe, je le vois se tenir les côtes.

— Camille, tu es si drôle !

Je l'observe s'essuyer une larme dans le coin de l'œil, sans pour autant comprendre le pourquoi de son hilarité.

— Il ne t'a pas traitée de vieille personne. C'est même plutôt le contraire. Ici *mami*, ça veut plutôt dire « sexy »… C'est une forme d'argot.

Avant de réagir, quelques secondes me sont nécessaires.

— Il a dit que j'étais… « sexy » ?

Bien que j'évite de le faire depuis des lustres, je me risque à regarder mon reflet dans une vitrine de magasin. Je tourne sur moi-même à plusieurs reprises tant ce que je vois me paraît impossible ! Quelle est cette sorcellerie ? Ce sont mes yeux ou j'ai perdu du poids ? Je sais qu'il existe des miroirs amincissants, se peut-il qu'il existe des vitres qui en fassent autant ? De toute évidence, ni mes activités physiques, pas plus que mes choix alimentaires ne peuvent être à l'origine de ce mystérieux phénomène, et pourtant ma silhouette paraît bel et bien affinée. Je m'en veux soudainement d'avoir envoyé paître le messager de cette bonne nouvelle.

Nous arrivons à destination et une délicieuse odeur de nourriture me chatouille les narines.

— Est-ce que tu as encore faim ?

Le Mexicain semble soudain un peu embarrassé.

— Oh tu sais, à cette question la réponse est souvent oui.

— Tant mieux.

À peine mon guide entrouvre la porte que la sœur de ce dernier apparaît pour nous saluer.

— Oh, Séléna… fais-je surprise.

— *Hola* Camille. *¿Cómo estás?*

— *Bien. ¿Y tú?*

Notez la progression spectaculaire de mon espagnol.

— Quand j'ai dit à ma sœur que tu repartais demain, elle a absolument tenu à te préparer un dîner.

— *Gracias* Séléna… fais-je touchée par l'attention.

Je n'ai pas le temps de poser mon sac que celle-ci m'entraîne dans la cuisine pour me faire découvrir ce qui mijote dans la casserole.

— C'est du *pozole*, une sorte de ragoût mexicain, me précise Pepe. Tu es vraiment gâtée, c'est un plat qu'on prépare pour les grandes occasions.

— Mais c'est beaucoup trop…

— Je crois qu'elle a été très flattée que tu apprécies autant ses *calaveras* en sucre, me chuchote-t-il sur le ton de la confidence.

— Je vais me régaler, dis-je en salivant d'avance.

* * *

Les conversations, le délicieux repas, autant que les chants à la guitare du frère et de la sœur qui ont suivi, mériteraient un dix sur dix sur le site « Vos meilleures soirées de départ ». Cette plateforme n'existe pas encore, mais dès que les effets du mezcal cesseront, je prendrai peut-être le temps de songer à sa création. Avec son cadeau d'adieu, Pepe ne m'avait pas menti. Une gorgée de cet alcool et on repart avec la chaleur du Mexique. Mais aussi avec un coup de maracas derrière la nuque. J'ai piqué du nez sans même m'en rendre compte. Quand mes pupilles retrouvent le centre de leurs iris, je découvre que je suis étalée sur le canapé…

— Tu as bien dormi ?

Pepe apparaît devant moi, un torchon à vaisselle à la main.

— Oh mon Dieu, fais-je en mesurant la grossièreté de cette sieste. Je suis désolée, je me suis endormie comme une crotte.

— Ne t'excuse pas. Il y a le mezcal mais la cuisine de ma sœur y est pour beaucoup. C'est délicieux mais elle ne fait pas dans la légèreté. Il faut pouvoir digérer ensuite.

— Où est-elle d'ailleurs ?

— Elle est repartie. Il se faisait tard. Mais elle t'embrasse et te souhaite un bon retour.

J'ai aussitôt envie de me dissoudre et de disparaître dans les fibres du sofa. Grâce à mon interprétation de ce soir, je mérite la palme du pire convive de l'année. J'ai mangé, j'ai bu, et je me suis endormie ! À moins d'être un chat, ce genre de comportements est pour le moins à proscrire.

— Est-ce que tu veux un verre d'eau ou un thé glacé ? me questionne Pepe avec délicatesse.

— Je préférerais une petite remontrance de ta part pour m'aider à soulager ma conscience… Je vais au moins t'aider à faire la vaisselle pour me rattraper.

— Je viens de finir… Tout va bien. Détends-toi, profite de ta dernière soirée, je t'apporte à boire.

Mais que cet homme arrête d'être aussi gentil et indulgent, je pourrais finir par tomber…

Oh non, Camille ! Chasse cette possibilité de ton esprit ! Immédiatement !

Je secoue la tête avec la même emphase qu'un chien s'ébrouant après la pluie. Bien que tout mon être lutte contre, je me risque malgré tout à observer Pepe du coin de l'œil. Une sensation étrange m'envahit soudain. Mon cœur se met à battre plus que de raison et la question de Valérie tambourine dans ma tête avec la même violence qu'un détenu désireux de briser ses barreaux : « Est-ce que tu le trouves séduisant ? »

Mes yeux se portent sur ses mains qui se saisissent d'un verre, le muscle de son bras qui se contracte légèrement quand il soulève la théière, les contours de sa nuque, le tracé de sa bouche quand il m'offre un sourire… en prenant conscience que je le scrute dans ses moindres détails ! Pouah ! Je manque de recracher l'eau que je ne suis même pas en train de boire ! Oui, cet homme me fait de l'effet. Comment ai-je réussi à écarter l'évidence si farouchement ? Ma peine et mon deuil m'auraient-ils anesthésiée au point que ma tête ne sache même plus traduire les indicateurs de mon cœur ? Je me souviens d'un documentaire qui expliquait que les fameux « papillons » dans le ventre qui se manifestent dans notre estomac lorsqu'on se trouve en présence d'une personne qui nous plaît sont en réalité la manifestation physique du stress… Est-ce que mon inconfort était en fait de l'attirance depuis le début ? Une attraction que je rejette en bloc, il va sans dire !

Pepe finit par m'apporter mon verre. Je bénis la lumière tamisée de si bien faire son travail et de masquer mes joues écarlates qui rendraient jaloux le plus pigmenté des blush. Je bois l'entièreté de ma boisson cul sec.

— Est-ce que tout va bien ? me demande-t-il amusé.

Non ! Oui ! Je ne sais pas ! Une chorale a choisi ma caboche comme salle de répétition, et, Seigneur, que les choristes chantent faux et fort.

Les tremblements de ma main quand je repose mon verre sur la table finissent de me conseiller de prendre la fuite. Je me lève d'un bond.

— Merci pour tout ! Il faut que je rentre maintenant, fais-je à la hâte.

— Oh ! Bien sûr, dit-il un peu décontenancé par mon changement d'attitude. Je te raccompagne.

— NON !

J'ai évidemment exprimé mon refus de manière bien trop radicale mais je ne suis plus à une impolitesse près.

— J'ai assez abusé de ta gentillesse. Dis merci à ta sœur, lancé-je déjà en route vers la porte de sortie.

— Heu... Je passe te chercher demain à 13 heures pour t'emmener à l'aéroport ?

Je n'ose pas regarder Pepe, mais je peux entendre au son de sa voix qu'il est passablement déboussolé.

Mais pas autant que moi.

— Oui. C'est ça... Bonne nuit. Bisou.

Je reclaque la porte et rejoins la rue parallèle à petites foulées. Une fois mise à l'abri, je ralentis la cadence et poursuis ma route, hébétée. Je tombe de nouveau sur la vitrine du magasin qui, quelques heures plus tôt, a daigné me renvoyer une image assez flatteuse de ma personne. Malgré la nuit, les lampadaires qui bordent le trottoir me permettent d'entrevoir mon reflet. Je m'observe, espérant trouver une éclaircie au milieu de la tempête émotionnelle qui m'agite. Hélas, la seule information qui me parvient n'a pas grand-chose à voir avec mon trouble :

— Dis donc, c'est vrai que ce short ne me serre plus autant qu'avant...

Soit, on s'en contentera...

28

J'ai passé une nuit au moins aussi épouvantable que mon oreiller, que j'ai malmené plusieurs heures durant, comme s'il était le responsable de mon insomnie. Heureusement, un somnifère trouvé dans le fond de ma valise lui a offert le répit qu'il méritait.

Après avoir rassemblé mes affaires et fait le check out de la chambre, je sirote à présent un jus de mangue attablée à la terrasse d'un café. Pour contrecarrer le trac que je ressens à l'idée de revoir Pepe, j'ai passé en revue tous mes réseaux sociaux plusieurs fois, trouvé de l'intérêt à un article en ligne sur le krach boursier, et surtout, je m'accroche à l'idée que dans quelques heures, je serai loin.

J'ai presque fini de compter tous les sachets de sucre que contient le gobelet posé devant moi quand un coup de téléphone me libère de cette tâche monotone.

— Gaëlle ?

— Salut Camille, comment vas-tu ? Toujours au Mexique ?

— Pour trois heures encore, je décolle aujourd'hui…

— D'accord. Et alors, comment s'est passé ton séjour ?

J'aimerais pouvoir lui dire tout ce que j'ai vécu mais je préfère la préserver d'un récit en trois tomes, et surtout j'ai le pressentiment qu'elle ne m'appelle pas pour me parler guacamole. Je décide de synthétiser mon expérience :

— Je dirais surprenant, éreintant mais enrichissant.

— Oh… Je suis contente pour toi. Je t'appelle parce qu'avant de partir, tu m'as demandé de te prévenir si je trouvais la moindre information sur cette phrase « Connecter avec J »…

Je sens ma gorge se nouer.

— Oui…

Son expiration ennuyée avant de reprendre la parole me raidit le corps.

— Alors, bien sûr, on ne peut pas garantir que ce soit la réponse à ta question. Il n'y a qu'Ewen qui aurait pu nous dire ce qu'il entendait vraiment par là…

Gaëlle arrondit les angles pour tenter de me ménager. Je suffoque davantage encore. Qu'elle abrège mes souffrances.

— Je t'en prie, Gaëlle, dis-moi…

— Encore une fois, ce que j'ai trouvé n'a peut-être rien à voir… C'est juste qu'en cherchant d'anciennes factures dans la remise, je suis tombée sur un dossier et ça m'a fait tilt… C'est celui de notre fournisseur de machine à café. À l'intérieur, Ewen y avait glissé de la documentation sur un appareil qui se connecte en Bluetooth et qui se lance via le téléphone… C'est juste une machine à café à usage privé, mais je me souviens comme il m'avait rebattu les oreilles pendant des semaines pour qu'on en achète une… On aurait dit un gosse devant une console vidéo. J'avais fini par céder. C'est toujours celle qui se trouve dans le bureau du salon de thé… C'est la J Smart Connect.

Si la tournure n'est pas exactement la même, il y a malgré tout une sacrée ressemblance avec l'annotation qu'Ewen a déposée dans son carnet. Aïe ! Dans la famille pathétique, je demande la reine : Camille ! Je ne sais pas ce qui me foudroie le plus… L'aberration d'avoir mobilisé autant d'énergie dans des croyances mystiques pour une pauvre machine à café, ou la manière qu'a eue Gaëlle de marcher sur des œufs pour ne pas totalement briser mes rêves de dingo.

Mon mutisme doit avoir dépassé le délai normal d'acceptation car celle-ci reprend la conversation embarrassée.

— Camille ?

— Oui, je suis là.

— Je n'aurais peut-être pas dû t'appeler pour ça. C'est bête… C'est juste que j'ai fait une association d'idées et…

— Bien sûr que non. Au contraire, tu as bien fait… Du concret et du pragmatique ! Voilà ce qu'il faut à Camille l'illuminée.

Je réussis à transmettre du sourire dans la voix malgré l'estime de moi-même qui vient de rejoindre les tréfonds de la terre. Quelle imbécile je suis !

— Je ne vais plus tarder à me diriger vers l'aéroport… Je passe boire un chocolat chaud quand je rentre ?

— Ma porte t'est toujours ouverte…

Je raccroche, sonnée. J'ai beau avoir saisi il y a plusieurs jours déjà que je courais après une chimère, en avoir la preuve concrète me fout un coup. Je prends une grande inspiration pour éviter d'éclater en sanglots. Peine perdue, le corps réclame une purge.

Quelques minutes plus tard, un message de Pepe m'indique qu'il n'est plus qu'à quelques mètres. Je pars à sa rencontre. Une fois dans la voiture, je tente de faire preuve de légèreté, mais difficile de jouer les plumes quand la somme de mes émotions contradictoires pèse aussi lourd qu'un trente-trois tonnes. Je suis aussi anéantie par ma crédulité que déstabilisée par l'homme qui se tient à mes côtés. Sans parler de ma culpabilité à ressentir ce trouble. La sensation de trahir Ewen. Je décide de battre en retraite et prétexte une migraine pour fermer les yeux et poursuivre le trajet en silence. Arrivée à l'aéroport, j'économise toujours mon nombre de mots et mes contacts visuels. En même temps qu'il sort ma valise du coffre, Pepe me tend un sac.

— Pour toi…

— Qu'est-ce que c'est ?

— Ton cadeau de départ… Tu l'as oublié hier soir… Tu n'allais tout de même pas repartir sans emporter la chaleur du Mexique avec toi… Je me suis permis d'ajouter une petite chose… Je me suis dit qu'après un verre ou deux, ça pourrait t'être utile…

En découvrant la bouteille de mezcal et le coussin aux imprimés colorés qui l'accompagne, je ne peux retenir mon éclat de rire.

— Encore merci. Sans toi, mon séjour forcé n'aurait pas été le même.

Il ne sait pas à quel point.

Comme à son habitude, Pepe me répond de son sourire enveloppant et je vacille un peu. Je récupère ma valise et note qu'une dame nous fixe avec beaucoup d'insistance. Je ne m'appesantis pas davantage et profite du temps qu'il me reste pour réorganiser mes affaires en y intégrant les souvenirs que je viens de recevoir. Rapidement, me voilà de nouveau perturbée par la quinquagénaire qui arrive cette fois dans notre direction en ajoutant le son et l'image. À grands coups de signes de la main, je l'entends qui apostrophe un certain José. J'ai beau me retourner, je ne vois décidément pas à qui elle s'adresse. Pourtant, Pepe relève la tête :

— *José… ?*

— *Señorita Herrera… ¿Cómo estás?*

Pepe et elle se saluent chaleureusement tandis que je reste dans l'incompréhension. Le moment fut bref mais suffisant pour que je batte des paupières aussi rapidement que les ailes d'un colibri.

— Comment elle t'a appelé ?

— José…

— Attends, je ne comprends plus rien… Tu ne t'appelles pas Pepe ?

— Si… mais ici, Pepe c'est le diminutif du prénom José… Mon nom complet c'est José Luis Jauregui.

Le nom du Mexicain vient de résonner en moi à la façon d'un gong tibétain :

« JJ »

C'en est trop pour moi !

Pour seule réaction, je plante Pepe sans un mot et me mets à courir en ligne droite sur trente mètres comme une dératée ! Je pile juste avant de me fracasser sur une rambarde.

Après un micro-AVC, trois respirations en carré, une méditation express et même quelques pas chassés, je prends la décision de me retourner. Sans surprise, le Mexicain me regarde, affolé. Il s'apprête à me rejoindre mais je lui fais signe de ne pas bouger.

Assume tes choix, Camille, et emmène-les jusqu'au bout.

Si tout ça n'est qu'une grande farce, il est temps d'en avoir le cœur net !

J'avance en mobilisant mon corps pour l'obliger à se maintenir debout alors qu'il m'envoie l'idée de rebrousser chemin en rampant.

Afin que Pepe ne soit pas le premier à amorcer la discussion, je lui intime l'ordre de rester silencieux.

— D'avance, ne me demande pas ce qui vient de se passer, d'accord ?

De toute façon, je serais bien incapable d'apporter une explication satisfaisante, apparemment mon corps est en roue libre.

— Juste réponds-moi, si tu veux bien…

Il acquiesce d'un mouvement de tête.

— Est-ce que tu me trouves *mami*… ? À la façon mexicaine, je veux dire.

Commençons par là. Si j'ai oublié pas mal de choses concernant les relations amoureuses, je me rappelle néanmoins qu'être attiré par quelqu'un n'est en rien un gage de réciprocité.

— Camille… Tu es… bien plus que ça…

— D'accord, fais-je sans trop savoir ce qu'il entend par là. Parce que moi, je trouve que tu n'as rien d'un pépé… Je rigole nerveusement et sous l'incompréhension de mon partenaire, mes gloussements se transforment en toux. Je réussis à apporter une précision.

— Ça veut dire « grand-père » chez nous...

C'est plus clair, mais pas plus drôle. Je bégaye.

— Je veux juste dire… que tu me plais beaucoup et que j'aimerais beaucoup t'embrasser… Si tu es d'accord, bien sûr, dis-je maladroitement.

La réponse, je la reçois par le contact de ses lèvres sur les miennes. Le baiser est doux, réel et sincère. Je ne croyais plus ça possible.

Le décor disparaît l'espace d'un instant, puis une fois nos bouches décollées, un battement d'ailes attire mon attention. Quelque chose virevolte autour de nous.

— C'est… une libellule ? fais-je, la voix chevrotante.

— Oh oui. C'est un joli signe… C'est le symbole du renouveau et de la transformation.

En me partageant cette signification, Pepe croit bien faire mais il vient d'ouvrir mon robinet intérieur. Je pleure à faire pâlir les fontaines du Bellagio. Pourtant, sans prendre ses jambes à son cou, il m'enlace délicatement et me laisse le temps nécessaire. Le temps dont j'ai besoin.

Une fois installée dans l'avion, je vide une bouteille d'eau. Dans dix minutes, j'ennuierai mon voisin de siège pour me rendre aux toilettes, mais pour le moment, il y a un corps d'un mètre soixante qui nécessite d'être réhydraté pour tout le liquide éliminé en un temps record.

La tête pleine de ce que je viens de vivre, je plane intérieurement. Ce qui fait beaucoup trop pour quelqu'un qui se trouve déjà dans un avion. Mon regard intercepte le titre du livre d'un des passagers : *L'Alchimiste.* Je souris. Oui, le parcours pour transformer le métal en or est sans doute plus riche que le matériau lui-même. Mon chemin a été original, tortueux, déconcertant, mais aujourd'hui, je repars avec une valise plus lourde et remplie de ce qu'aucun pèse-bagage d'aéroport ne pourrait qualifier d'excédent.

29

— Tu es où ?

— J'arrive dans quelques minutes…

— Déconne pas, hein !

— Val', je serai là avant la cérémonie. Sauf si tu continues de m'appeler toutes les trente secondes, que je finis par louper un virage et que je m'encastre dans un muret.

— OK, je raccroche. Merci… Mais grouille !

Bien sûr, la journée ne pouvait pas se dérouler sans encombre. Il faut reconnaître que Valérie ne m'a pas facilité la tâche. Être le témoin d'un mariage est déjà une responsabilité, mais avoir à le filmer en même temps relève de l'équilibrisme. Ce matin, après avoir aidé à finaliser les derniers éléments de décoration, m'être assuré que le traiteur était bien en chemin, avoir réceptionné les fleurs, le tout en réalisant quelques images pour la vidéo-souvenir, il a fallu qu'un dysfonctionnement électrique fasse griller plus de la moitié des ampoules ! Dans la foulée, Valérie en a fait autant : elle a pété les plombs. Durant les minutes qui ont suivi, je l'ai vue tourner sur elle-même avec la frénésie d'un chat désireux d'attraper sa queue, puis il a fallu se ressaisir. C'est à ce moment-là qu'elle s'est décidée à bidouiller son installation électrique et qu'en parallèle, j'attrapai les clés de ma voiture pour foncer au magasin le plus proche (trente minutes) afin d'acheter de quoi remplacer les lampes hors service. C'est aussi au moment où je l'ai entendue hurler « Putain, si après ça il y a encore le moindre imprévu qui me tombe dessus, j'annule tout ! » que mon regard s'est déporté sur l'écran de son téléphone pour y lire le message suivant :

« Bonjour Valérie. Nous t'écrivons à la dernière minute pour t'annoncer notre venue, ta sœur, ton père et moi. Nous arriverons à la gare d'ici une heure. Confirme-nous que quelqu'un viendra nous chercher.

Maman »

Je me rappelle avoir levé les yeux au ciel et demandé pourquoi il fallait que cela tombe encore sur moi. Pendant que j'entendais la mariée maudire la terre entière, j'ai tenté de joindre Maddy qui accompagnait Sandra chez le coiffeur. Dans ces circonstances, je ne suis pas le couteau le plus affûté du tiroir. Il me fallait un conseil !

Hélas, les sèche-cheveux du salon ont dû se révéler plus bruyants que la sonnerie de mon appel qui est resté sans réponse. Sauf qu'une réponse, les parents de Valérie en attendaient une, et vite…

Alors après plusieurs minutes d'hésitation, j'ai fini par répondre « Pas de problème ».

Voilà pourquoi je transporte actuellement tout un stock d'ampoules et de guirlandes lumineuses, mais aussi la famille de Valérie, sans que la principale concernée soit au courant. Sur l'instant, j'ai cru faire une bonne action. Maintenant que l'ambiance dans l'habitacle est plus froide que la température extérieure de ce samedi du mois de décembre, je transpire de regrets.

Après un temps qui m'a semblé une éternité, et à défaut de briser la glace, la sœur finit par briser le silence :

— Elle est très stressée ?

— Oui... Avoir les plombs qui sautent quelques heures avant de célébrer son mariage, ça rend nerveux... C'est une vieille maison et Val' fait ce qu'elle peut, mais ça réserve parfois de mauvaises surprises...

— Quelle idée aussi d'aller s'exiler dans une ferme !

Le père vient d'ouvrir la bouche et de réfrigérer davantage encore l'atmosphère.

— C'est très joli, ce qu'elle en a fait, vous allez voir... tenté-je avec sympathie.

— Et dire qu'elle avait un si bel appartement sur Paris. Et dans un des meilleurs quartiers en plus, surenchérit la mère, consternée.

Il est évident qu'en parlant de l'appartement, cette dernière fait allusion à l'ancienne vie de Valérie. Convenable et respectable.

— Je suis persuadée que leur maison d'hôtes va attirer plein d'amoureux de la nature... Elles vont très bien s'en sortir.

La mère reprend la parole, hésitante.

— Quand vous dites « elles », vous voulez parler de Valérie et...

— Sandra. Sa femme...

Les mots que maugrée le père sont inaudibles, mais l'intention qui en découle est limpide. Un pic d'agacement me traverse. Je finis par me garer sur le bas-côté.

— Écoutez, je vais être honnête avec vous, Valérie ne sait pas que vous êtes en chemin. C'est moi qui ai pris la décision de vous répondre. Elle a très envie de vous avoir à ses côtés, mais si vous devez lui gâcher la journée, alors permettez-moi de vous ramener à la gare. Vous avez pris la décision de venir, j'imagine que c'est parce qu'au fond, vous avez également envie de renouer les liens avec votre fille. Donc si c'est le cas, faites-le… Mais sans la juger. Soyez juste là pour elle aujourd'hui.

Pas un mot. Juste des yeux qui se détournent, des mâchoires qui se crispent, des bouches qui déglutissent. Je ne cède pas pour autant.

— Alors ? On fait quoi ? Je fais demi-tour ?

Une minute s'écoule, puis une réponse se fait enfin entendre :

— On va au mariage de notre fille, finit par conclure le père avec une certaine intensité. Nous restons une famille, quoi qu'il arrive.

De toute évidence, la mère attendait l'approbation de son mari. Elle semble soulagée.

— Oui, et puis on va aider avec l'électricité. Hein, Jean-Yves ? Tu t'y connais… Tu vas peut-être pouvoir faire quelque chose ?

— Ça doit sûrement être une surchauffe… Rien de bien méchant. On va regarder ça… répond-il calmement.

— Top ! Alors on y retourne. En route…

Quand je rejoins enfin la maison de Valérie, je repère la voiture de Maddy. Les filles sont déjà de retour. Les présentations entre Sandra et la belle-famille n'attendront même pas quelques minutes. Au même instant, Gaëlle fait son entrée dans l'allée. Je traîne la patte le temps qu'elle se gare. Il faut bien quelqu'un pour l'aider à transporter le buffet brésilien. Et ainsi, planquée derrière mon plateau, je serai peut-être préservée si l'envie de m'écharper vient à Valérie.

Une fois à l'intérieur, la voix des femmes parvient jusqu'à nous.

— *Tudo bem, Amor...*

— Ce sera surtout *tudo bem* quand Camille sera de retour avec le nécessaire...

Bien. Je n'aurai donc pas droit à quelques secondes de répit.

— Je suis là... lancé-je à haute voix.

Aussitôt, Valérie accourt, suivie de Sandra. La psy s'apprête à me parler ampoule et culot, puis elle s'arrête net, saisie par le choc.

— Nath', Maman, Papa... Qu'est-ce que...

— Tes parents t'ont fait la surprise, ils t'aiment et sont ravis d'être là, lancé-je expéditive, tout en fuyant en direction de la cuisine.

— Oh, c'est ta famille ? Bonjouuur...

Ah ! Apparemment, Sandra vient de sauter dans les bras de ses beaux-parents. La spontanéité brésilienne est sans pareille.

* * *

Le reste de la journée s'est magnifiquement déroulé. Après que père et fille ont résolu le problème électrique et que Sandra a complimenté les deux femmes sur leur élégance française, progressivement le reste des invités est arrivé. La cérémonie s'est tenue en petit comité, une trentaine de personnes. N'ayant pas eu besoin de passer par la case mairie, Valérie et Sandra ont simplement « renouvelé » leurs vœux de mariage et célébré le commencement de leur nouvelle vie en commun. En témoin symbolique mais témoin quand même, j'ai apporté les anneaux, poursuivi par un petit discours, reçu des yeux de Valérie les remerciements les plus sincères qu'un regard puisse transmettre, puis repris ma caméra pour graver ce jour à jamais.

Maintenant qu'il est passé 22 heures et que la Brésilienne a convaincu la moitié de l'assemblée d'apprendre à danser le twerk, je m'installe pour siroter un verre de champagne. Maddy se joint à moi.

— Dis donc, tu n'as pas chômé aujourd'hui… Tu l'as bien méritée, ta petite coupe.

— Je ne te le fais pas dire… fais-je en prenant une gorgée avec avidité.

— Et alors, ce nouvel appartement, comment ça se passe ?

— J'ai fini de ranger mon dernier carton hier… Et pour le moment, ce n'est pas si mal… Yvon est tellement ravi de me savoir dans sa ville qu'il l'a annoncé à tous les restaurateurs de la place… J'ai systématiquement droit à un digestif après chaque repas. Sans parler des chouquettes gratuites à la boulangerie.

— Le rêve de beaucoup d'entre nous, plaisante Maddy.

Contre toute attente, j'ai finalement accepté la proposition de monsieur le maire. De retour en France, une fois dans mon ancien chez-moi, j'ai senti que j'étais prête à le quitter. L'idée de séjourner dans cette petite banlieue durant un moment a cessé de me paraître si anxiogène. Les choses me sont soudainement apparues plus légères.

Peut-être suis-je en train d'apprendre de nouveau à apprécier les cadeaux que la vie me propose, le temps qu'elle me les laisse.

— Et… des nouvelles du beau Pepe ?

— Souvent, oui. Il m'a appelée hier…

— Tiens, tiens… ?

— Il envisage de venir visiter Paris. D'ici deux mois environ…

— Hmmm… J'en connais un qui va avoir besoin d'un pied-à-terre…

— Oh, le pauvre… En découvrant la bourgade dans laquelle je vis, ses espoirs de tour Eiffel et de bâtiment haussmannien vont s'écrouler…

— Camille, il est évident qu'il ne vient pas pour l'architecture…

Je baisse les yeux et un sourire me monte aux lèvres.

— On verra, murmuré-je une étincelle dans le cœur. On verra…

J'observe alors le monde autour de moi. Les sourires, les accolades, les rires… Les souvenirs me remontent. Le dernier mariage auquel j'ai participé, Ewen était à mes côtés… Il est celui qui a effacé ma peine quand mon cœur battait encore pour un autre… Il s'était présenté à moi, doucement et à la manière d'un guide, m'avait fait prendre la voie de la guérison, moi qui ai tant de mal à trouver le bon chemin…

Et si, une dernière fois encore, il s'était chargé de me montrer la bonne direction ?

Bien sûr, il s'agit sûrement d'une histoire que je me raconte, mais après tout, la vie n'est-elle pas une histoire ?

Remerciements

Merci à vous d'avoir partagé les aventures de Camille dans ce volet numéro trois.

Si vous le souhaitez, vous pouvez me rejoindre sur Instagram @CélineHolynski et ainsi suivre mon quotidien au Mexique… Oui, vous ai-je dit que les péripéties de mon héroïne sont bien souvent inspirées des miennes ?

En attendant, je vous souhaite de laisser les signes entrer dans votre vie et que le sourire de votre âme ne perde jamais le chemin de votre cœur.

La communauté Charleston a aimé !

Chez Charleston, nous sommes convaincus que, loin d'être une aventure solitaire, la lecture est une invitation au partage. Nous échangeons constamment avec nos lecteurs et lectrices, et nous sommes fiers de la belle communauté d'amoureux des livres que nous formons tous ensemble. Chaque année, nous choisissons au sein de cette communauté vingt lectrices et lecteurs qui nous accompagnent tout au long de l'année, et découvrent nos romans en avant-première. Voici leurs avis !

« Drôle, rafraîchissant et émouvant, un feel-good parfait. »

@mapetiterevolutionlitteraire

« Un roman haut en couleur, en amitié, en tendresse. À découvrir pour avoir le sourire aux lèvres. »

@dans_tous_mes_etats

« Un savant mélange entre humour et fraîcheur ! Un roman pétillant et hilarant qui nous embarque dès les premières pages, et qui nous incite à nous reconnecter avec nous-même. »

@carnet_litteraire

« J'ai adoré ce personnage qui m'a touchée et fait beaucoup rire. Un très bon équilibre entre humour et réflexion sur la vie. J'ai été émue, j'ai rigolé, j'ai adoré ! »

@strabissime

« Chaque page est un condensé d'humour et d'authenticité. Un livre aussi hilarant que touchant. »

@unlivreabordeaux

« Il y a tout dans ce roman ! Des personnages attachants, de l'humour, beaucoup d'esprit dans les dialogues et bien sûr de l'émotion ! Coup de cœur ! »

@doresixtine_lecturesdesixtine

« Ouvrir les livres de Céline Holynski, c'est l'assurance de passer de bons moments de rire. Ses histoires sont pétillantes et légères. »

@djustinee

« Une histoire qui fait du bien. L'autrice nous offre un savoureux mélange de joie, d'émotions et de bienveillance. »

@livresdesophie_

VOUS AVEZ AIMÉ CE ROMAN ?

Retrouvez Camille
dans de nouvelles aventures !

DE LA MÊME AUTRICE

Cette fois, c'est décidé, Lina ne passera pas les fêtes de fin d'année avec sa famille. Après un échec professionnel et une rupture amoureuse, il est urgent de faire le point. Alors quand Yaya, sa grand-mère, lui propose d'aller se reposer dans la maison d'un vieil ami au Québec, elle saute sur l'occasion, rêvant de grands espaces isolés, de nature, de silence…

Mais à quelle tranquillité peut-elle réellement prétendre quand un lama idolâtré par tout le village comme une vache sacrée en Inde en fait sa nounou attitrée ? Entre des expéditions hasardeuses à motoneige, des festins de poutine et des voisins bien trop envahissants, Lina commence à se demander si elle a fait le bon choix...

Une comédie pétillante et pleine d'humour qui vous fera voyager au cœur des paysages enneigés du Québec !

PEFC™ PEFC/14-38-00277

Cet ouvrage est composé de matériaux issus de forêts gérées durablement certifiées PEFC™.
Le Programme de reconnaissance des certifications forestières (PEFC™) est le plus grand organisme mondial indépendant de contrôle pour une gestion durable des forêts. Pour en savoir plus, consultez le site www.pefc-france.org

Achevé d'imprimer en avril 2024
par Novoprint
Dépôt légal : mai 2024
Imprimé en Slovaquie